六海刻羽
Tokiwa Rikkai
イラスト ◆ ゆさの
Illust ◆ Yusano

星詠みの魔法使い

2.黒水晶の夢色プロローグ

The prologue colored like a dream about the black crystal.

「――流星魔法
ヨヨ
クロード
Yoyo Claude

『貫け、悪しき《アステマ》神の輝き《テイバーグ》を』ッッ!!」

「――『これ』はヨヨさんの趣味ですか？」
エヴァは、じと～～とでも
擬音が付きそうな瞳で
ヨヨを射抜きながら、
スカートの裾を摘み上げて
そう問いた。
シスタス
アル・エウネ
Cistus Al Aine
エヴァリーナ
レ・ノール
Evelina Le Nore

星詠みの魔法使い

The Wizard Who Believes
in a Bright Future

2.黒水晶の夢色プロローグ

The prologue colored like a dream
about the black crystal.

六海刻羽
Tokiwa Rikkai

Illust
ゆさの
Yusano

2

The prologue
colored like a dream
about the black crystal.

CONTENTS

序章 ◆ 『黒水晶の夢』

エヴァリーナ・レ・ノールには夢があった。

幼き頃より抱いた理想の未来。

心の奥底に深く根を張り、憧れる気持ちこそを養分として育った大切な願いの花。


――いつか立派なレ・ノール家の魔術剣士になりたい。


偉大なる父母の背中を見て学んだ、誇らしき騎士の姿。

絵本の中の主人公のように、悪者をやっつけてたくさんの人を守る正義の魔法使い。

いつかそんな存在になりたいと、言葉にせずとも憧れが心の内に輝いていた。

だから、そのための努力もした。

大粒の雨が肌を叩《たた》く日も、荒ぶる風が髪を乱す日も、冷たい雪が心を冷やす日も。

一日だって休まずに剣を振り続けた。

手には幾つものマメが浮かび、素振りの度にそれらが潰れ、修行のあとはいつだって血《ち》塗《まみ》れの手のひらを治癒魔法が使えるメイドに治してもらっていた。

どうしてそんなに頑張るの？——と、大好きな母に訊《き》かれた。
だって私は立派な魔術剣士になりたいから！
何の疑いもなく、無邪気な笑顔のままに幼き少女は口にした。
黒水晶の瞳に宿るのは、大切な宝物を見せびらかすかのような誇らしい想《おも》いの光。
その輝きを絶対に手に入れると叫ぶ、無垢な夢色の言葉がそこにはあった。
だが、どうしてだろう。
それを訊いた瞬間に母は泣き出してしまった。
いつだって強かった母の涙を見たのは、これが最初で最後だった。
ごめんね、ごめんね、エヴァリーナ——と。
母は顔をくしゃくしゃにしながら何度も何度も謝った。
どうして泣いているんだろうと、少女はオロオロしながら父の顔を見た。
父は困ったように眉を顰《ひそ》めながら口にした。
エヴァリーナ、キミは魔術剣士にはなれないよ——と。
どうして！　と、少女は叫んだ。
努力が足りないならもっとがんばるっ！
たくさん剣を振るし、いまよりいっぱい勉強だってする！
そう叫ぶ少女に対して——そうじゃないの、と母は涙ながらに口にした。
彼女の夢が輝きへと届かない絶対の理由。

少女の眩《まばゆ》い夢を砕く、あまりにも無慈悲な現実を。

——だってアナタは、術素に愛されていないもの。

第一章 ♦ 『魔法学校の定期試験』

場所はソラナカルタ女子寮の二階にある部屋の中。

海の端より顔を出した太陽が、陽気な陽射《ひざ》しを以《もっ》て世界に朝を主張する時間。

窓から入る穏やかな輝きでエヴァリーナ・レ・ノールは眼《め》を覚ました。

「……んあぁ……」

意味も意思もまるでない、微睡《まどろ》みの時のみ許される呻《うめ》きをひとつ。

何か懐かしい夢を見ていたような気がしたが考えるのも思い出すのも面倒だった。だから、膨らみかけの疑問に針を刺して思考の空気を抜いておく。

ぼやぼやの視界で時計を見ると、いつもであれば身支度を終えて朝食を摂《と》りに食堂へと向かう時間だ。いつも、という注釈が入ったのは新たな太陽を迎えたこの朝が、少女にとって普段通りの生活を刻む必要のない特別な日だからである。

——ああ、休日の寝起きというのはどうしてこうも背徳的なものなのかしら。

ふわふわな枕に顔を埋《うず》め、意味もなく湧き出す幸福感に身体《からだ》を落とす。

実家に居たときはこうもいかなかった。清廉たる魔術剣士の家系であるレ・ノール家は休日であろうと誰もが憧れる騎士然とした振る舞いを求められる。夜の明けと共に家庭教師の怒声で起こされ、肌寒さに耐えながら稽古着に袖を通し、朝食を摂る前に数時間の剣術指導を入れられた。

ごろんと寝返りをひとつ。その口元はだらしなく歪《ゆが》んでいる。

ここには惰眠を貪ることを叱る家庭教師もいないし、身嗜《みだしな》みの乱れに眉を顰める両親もいない。ベッドに散らかった長髪を意味もなく指先でくるくる弄《いじ》る。

咎《とが》められることのない怠惰の果てに、ふとエヴァはとある決意を胸の内にて膨らませた。

これはもうアレか。世間で噂《うわさ》されている惰眠の奥義——二度寝なるものに挑戦してみるべきではないのか？

いくら怠惰を許されていたソラナカルタの休日でも、生まれた時より鍛えられた騎士道の心がギリギリのところで理性を保ち、その禁忌を無意識の中で避けていた。

だが、今日の寝起きはとても気分が良く、未知のことに挑戦したくなる朝だった。

そうだ。魔法使いは星に手を伸ばす生き物だ。知らない世界を知ろうとするこの探究の心に、いったい誰が否を唱えることができようか。

思い立つと、意識が覚醒を全面的に拒み、瞼《まぶた》の重力が数倍へと膨れ上がる。

背徳的な喜びがエヴァの中でぐつぐつと沸き立ち、枕に押し付ける口元が自然と笑みの形を作った。

——ああ、なんと幸福な瞬間なのだろうか。

思考を捨てて微睡みに全てを任せる。この感覚はもしかしてレ・ノール家に伝わる剣士の心得――己と他の境界を廃し、世界と自分を一体化させると言う『無我』の構えに通ずるものがあるのではないか。

記憶の箱の奥底で両親と家庭教師が「それは違う！」と手を振り上げていたが、うつらうつらのエヴァに耳を傾ける余裕はない。

深く深く、ひたすら深く、微睡みの底へと身体を落としていると――。

「エヴァちゃ～ん？」

「……っ」

ルナの声が微睡みの海に沈む少女の元へと届いた。

そういえばと今更ながら、自分の眠るベッドに桜色の天使が居ないことに気付く。

なんでも昨日は怖い小説を読んだとかで二段ベッドの下にある自分のところに涙目ながら潜り込んできたのであった。震えながらぎゅっと手を握ってくるルナは大変可愛《かわい》らしく……こほん、とても可哀想《かわいそう》だったので、手を握り返しながら一緒に寝たはずだ。幸せだった。うん。もう一回言おう。幸せだった。

ルナの存在を意識すると、さぁ～、と緩やかな水音が訊こえてくる。

どうやら先に起きたルナはシャワーを浴びているようだ。

「エヴァちゃ～ん、起きてたらでいいんだけどシャンプーを取ってくれない？　ちょうど切れちゃったみたいで」

「…………」

微睡みの意識の底で、さあ困った、とエヴァの理性が眉根を寄せる。

二度寝を決め込んだ瞬間からベッドの上は重力魔法の展開領域だ。抗《あらが》うことは難しく、確固たる決意がなければこの誘惑領域から抜け出すことは叶《かな》わないだろう。

挟まれた葛藤、苦渋の思考、その果てにて心の内の天秤《てんびん》はほんの僅かに惰眠の方向へと傾いた。

――ごめんなさいね。

ルナのことは大好きだが、どうかいまばかりはこの微睡みに敗《ま》けることを許して欲しい。誘惑が罪悪感を振り払い、再び意識が夢心地の旅路へと足を進めていく。

今度こそ、と惰眠の極地へと身を預けようとしたエヴァだったが――。

「あれ？　どうしてこんなところに粘獣《スライム》が……？　シャワーの水の中に紛れてたのかな？」

ルナがとても気になることを呟《つぶや》いた。

言葉が本当ならば、どうやらシャワー室に粘獣《スライム》が出たらしい。ソラナカルタの給水システムは外の海から組み上げた水を浄化魔法で濾過《ろか》し、綺麗《きれい》な水を学校中に循環させている。その過程で稀《まれ》に海水浴をしていた粘獣《スライム》を巻き込んでしまうことがあると訊いたことがあった。

どうやらそのパターンを引いてしまったらしいルナだったが、これから二度寝へと敢行するエヴァにはあまり関係のない話だ。

瞼を閉じ、贅沢《ぜいたく》な惰眠の泉へと、心をどっぷりと浸らせる。

微睡む感覚が、少女の意識をぼやぼやと霞《かす》めていき――。


「ひやぁっ!?　ちょ、そんなっ、だめだよぅ……うぅ、ぬるぬるになっちゃったぁ……」

「ルナちゃん、シャンプーね！　すぐにいくわ!!」


そんな貴重な瞬間《イベント》を見逃してたまるかと、エヴァの意識が秒で覚醒する。

ベッドから跳ね起き、シャンプー片手に開いたシャワー室。

そこに広がる幸せの光景に、エヴァは全てを悟ったかのような穏やかな笑みを浮かべた。

――嗚呼、楽園《エデン》はここに在ったのね、と。

後のエヴァリーナ・レ・ノールは、世界に散らばる幸福の欠片。

その全てを独り占めしたかのような笑顔を浮かべながらそう語ったとか。

＊＊＊

ソラナカルタ魔法学校にも定期試験の概念は存在する。

学期の末に生徒たちを迎える、魔法の成果の発表会。元々から学びの気質の高い魔法使いたちであるが、二学期の定期試験を来週に控えた水晶の校舎では普段にましてあちこちから羽ペンがノートを擦《こす》る音や、呪文の反復朗読などが訊こえてくる。

その光景は、『星集めの市場街《ステラマーケット》』にあるカフェのテラス席。

サンドイッチの並べられたテーブルに教材を広げた魔法少女たちも例外ではない。

「う～、ヨヨ先輩。ここの訳がわからないんですけど……」

「見せてみな……へぇ、『竜人語《ドラグニクル》』か。単語も覚えられてるし、文章の構文も正しく判別できている、と」

「はい。でも、どうしても構文通りに訳すとよくわからない文章になって」

「ヒントは前提文だな。——『以下の文章は大陸暦十七年に行われた竜人種《ドラゴニア》魔法協議会の声明を抜粋したものである』……どうだ、何か気付いたことはないか？」

「気付いたこと…………あ、大陸暦十七年」

「そう。この時代の文章だと稀に現代竜語にはない文法表現が使われてることがある。少しだけ古典《イスリア》の教科書とにらめっこしてみな」

「やってみます！」

言うが早く、魔法言語学の教科書にかじりつく桜色の少女。

そんな彼女の素直な頑張りに微笑《ほほえ》みながら、ヨヨは並べられたサンドイッチのひとつをひょいっと手にとった。

「ヨヨさん、私からも質問いいですか？」

「おう。俺で答えられることならな」

厚めのベーコンが挟んであったそれを喉の奥に押し込みながら、今度は難しそうな顔をしている黒水晶の少女へと向き直った。

「あなたはいったい何者ですか？」

「なんだ、哲学か？」

「悔しいですが、ここ最近ヨヨさんに教えてもらった内容はどれもわかりやすく、私がいままで教えを受けたどの家庭教師よりも魔法理解があると思います。本当に悔しいことに」

「なんで二回言った？ってか、なんで悔しいんだ？」

「それに以前の工房迷宮への遠征で、魔法戦闘の技術も圧倒的だと見せつけられました。腕も立つし頭も回る……なんですかそのハイスペックは。気持ち悪いですよ？」

「最後の一言、いらなくねぇか？」

呻くように言い返すと、黒水晶の少女はくすくすと口元に手を当てて笑った。

「冗談ですよ。いつも助かってます、ヨヨさん」

「かまわねぇさ、先輩は後輩を助けるもんだ」

ソラナカルタ五年生のヨヨにとって、一年生の学習範囲などさして労するものでもない。この程度のことで得意顔をするつもりはなく、ただ、この知識が彼女たちの助けになれているのならそれだけで十分だ。

「でもヨヨさん、私たちの勉強ばかりを見てくれていますけど、自分の勉強のほうは大丈夫なんですか？」

「お前たちと違って五年生の定期試験は専攻分野の研究発表のみだ。提出論文はもう作り終わってるし、一週間やそこら焦って勉強したってどうにもなんねぇ。強いて言えば発表の仕方を練習するくらいだな」

ソラナカルタにおいて筆記試験や実技試験で評価を得るのは四年生までだ。魔法界に名高い魔術講師たちの教えに加え、潤沢な予算と設備のもと、魔法使いの教育として最高の環境で知識を蓄えた生徒たちは、五年生に上がるとともに『研究者』としての在り方を覚えなければならなくなる。

先人の叡智《えいち》をなぞるだけでは魔法使いは名乗れない。己の魔導を見つけ、星に手を伸ばした者。少なくともソラナカルタでは、そうした在り方でなければ卒業を目指せない。

「そういえばヨヨ先輩の専攻分野ってなんですか？」

と、古典《イスリア》の教材から顔をひょっこり出したルナが疑問を投げた。

ヨヨは懐から使い込まれたノートを取り出して、文字や魔術式がびっしり書かれたページを開きながら答えて見せる。

「俺の専攻は『天文学《アストノミア》』。宇宙領域に浮かぶ星や漂流物の位置関係とか輝きの強さを観測することで、世界における魔法的影響を予測したり利用する学問だ」

天文学《アストノミア》は魔法業界において比較的新しい学問分野である。

それこそ数年前までは天文学《アストノミア》の名に魔法的な意味はなく――『夜空を眺めるだけの酔狂

など非魔法人《コモンズ》にでも任せておけばいい』——と、魔法使いの研究対象としては見向きもされない領域であった。

しかし近年、天体の持つ位置関係や星占における観測から、世界に度々起こる非解明の魔法的怪異の原因が、星々の接近によって引き起こされた魔術現象であることが判明した。

それをきっかけに多くの魔法使いが己の研究を宇宙領域にまで広げ、魔法業界において天文学《アストノミア》の新分野が確立されたのである。

その新たな学問を学ぶ者として、己の研究を後輩たちに見せてみたヨヨであるが——。

「……エヴァちゃん、なんて書いてあるかわかる……？」

「……文字は読めるけど……その、内容までは……ちょっと……」

魔導の道筋を歩き始めた一年生たちにとって、ヨヨのノートはまるで異界の文字の羅列であった。書き連なれた観測結果も、そこから導き出された考察も、ルナたちの知る常識の域を離れ、未知と不思議の集合体として並んでいる。

冷や汗を垂らす後輩たちに苦笑を漏らしてから、ヨヨはこきりと肩を鳴らした。

「まあ、勉強ばっかじゃ頭も固くなっちまうよな。ちょいと身体《からだ》でも動かそうか。ソラナカルタは実技試験も多くある。いまのうちに教えられることを伝えておこう」

魔法使いにとっては戦闘も学びの分野のひとつである。

目まぐるしく変わっていく状況の中で、思考を回し、勝利への道筋を組み立てる過程は確かに勉学に通ずるところがあるだろう。実際に世界に名高い魔法使いたちの多くは魔法戦闘においても卓越した能力があることで有名だ。

「はい！」「よろしくお願いします！」

弾むように返されたふたつの返事に、ヨヨは満足そうに頷《うなず》く。

知恵と経験が連綿と繋《つな》がっていく様は魔法使いの在り方としてどこまでも正しく――。

喫茶店と繋がる小さな庭では、剣と魔法の音がしばらく響いたのであった。

＊＊＊

かつて定期試験の試験官としてソラナカルタに招かれたとある魔法使いは、生徒たちの研究発表の数々を前に、思わずと言った形でこう言葉を残したという。

――まるでここは異界の展覧会だ、と。

創作発表として廊下に掲示された作品たちは、普段ですら非常識を体現する水晶の校舎を更なる不可思議で満たそうとしていた。

色鮮やかなキャンドルスタンドが二足歩行で歩き回り、油絵で描かれたマダムたちが額縁越しに談笑を繰り返す。妖精仕掛けのオルゴールが金属板のみで四重奏《カルテット》を奏で、そのリズムに合わせて毛並みを輝かせたテディベアの集団がトコトコと行進している。

魔法生物学のブースでは、空気を鰭《ひれ》で掻《か》き進む小魚が行き交う生徒たちの間を泳ぎ回り、植木鉢から伸びた巨大な食虫植物が人の頭ほどもある甲殻昆虫をバリボリと咀嚼《そしゃく》している。

昼寝をしている猫妖精《ケット・シー》の前では女子生徒たちがうっとりしながら写影魔法で記録を残し、広間の一角に座する巨竜の前には『魔力を与えないでください』の立て看板があった。

「一学期のときも思いましたが……すごいお祭り騒ぎですね……」

歩廊に溢《あふ》れる不思議の数々を目にして、エヴァが感嘆の声を上げる。

一年生のときは自分も味わった驚きに、前を歩くヨヨが解説を加えた。

「ソラナカルタの定期試験は科目によっちゃ、その道の専門家を試験官として招くことがある。有名な創作系ギルドのマスターであったり冒険者組合のお偉いさんであったりな」

言って、ヨヨは視線を試験会場の一角へと向ける。

その先にいたのは世界でも有名な魔法道具製作工房の工房長だ。

「卒業後――もしくは、あんま考えたくねぇが退学後の進路を増やすために生徒たちはこうして自分の作品を掲示するんだ。俺にはこれだけの技量があるぞって、その道の専門家たちにアピールするためにな。実際に定期試験の評価が認められて、希望の工房なんかに誘われた魔法使いが学校を自主的に退学するなんてこともあるぞ」

「ヨヨさんも声をかけられたことがあるんですか？」

「まあ、何人かにはな」

事実としてソラナカルタの五年生ともなれば、魔法業界のエリートだ。

あらゆる現場で即戦力としての技能を認められている彼らは、多くの魔法団体が喉から手が出るほどに求める人材であろう。

「もしかして、ヨヨさんも希望の工房とかに声をかけられたら、ソラナカルタから出て行っちゃったりするんですか……？」

ほんの少しだけ、本人でも気付いていないほど僅かにエヴァの声が揺れていた。

投げられた問いに少しだけ考えたヨヨは——。

「いや、そのつもりはねぇな。どちらかと言えば俺は研究者の気質だ。魔法を研究するのにソラナカルタ以上の環境なんてそうはねぇだろう。退学させられちゃどうしようもねぇが、とりあえずここから出て行くって発想はねぇな」

「そうですかっ…………い、いえ、別に心配なんてしてませんけど？　まったくもってしてませんけど？」

「なんの強調？」

一瞬だけパッと表情を明るくしたエヴァだが、すぐにそっぽを向いた。

その頰が少しだけ赤くなっているのは、ちょっとした乙女な理由なのだろう。

エヴァの急なよそよそしさに疑問を覚えながらも、ヨヨはここまで会話に一切参加してこなかったもうひとりの後輩に声をかけた。

「で、ルナ。そのクレープは美味《おい》しいか？」

「ふああふ、ふっへおおほおひいふ」

「……悪い。感想は食べ終わってからでいいぞ」

はぐはぐと、リスのようにクレープを頰張る桜色の少女に苦笑を漏らす。

定期試験の時期は、普段は部屋や工房に潜りがちの研究肌な生徒たちも、他人の研究成果を見るため校舎に出てくるので自然と人通りが多くなる。

人が集まればそこには需要が生まれ、その供給に経済的な価値を見出《みいだ》した生徒たちが廊下のあちこちに露天を開くわけだ。中でも古今東西、物見のお供として定着した『食べ歩き』の文化はソラナカルタでも例外ではなく、並ぶ出店や屋台の多くは食べ物を扱っており、生徒の多くが匂いに釣られて蜜に集まる蝶《ちょう》のように足を運んでいる。

その蝶の一匹となったルナはあっちにふらふらこっちにふらふら。

あらゆる食文化や魔法食材を内包するソラナカルタの美食に見事に踊らされていた。

「あー、美味しかった！　次は何を食べよっかな？」

「……まだ食うのか？」

幸せそうな青空色の瞳で次の獲物を探すルナに、今度こそヨヨは呆《あき》れ顔《がお》だ。

少女の食欲によって平らげられた食事の量は、優にヨヨの三食分。その小さな身体のいったいどこに入っているのかと、ヨヨは真剣に彼女の胃に空間魔法による容積拡張がなされていることを疑った。

「クレープは美味しかったか、ルナ？」

「はい！　柔らかい皮に歯を突き立てたあとに広がる、ドロリとした赤いソースが甘くて滑らかでとっても美味しかったです！」

「感想が完全に吸血鬼なんだが？」

口元にイチゴのソースをつけたまま笑うルナがちょっとした小悪魔に見えた。

指先に残るクリームをぺろりと舐《な》めた桜色の少女は「今度はあれにしよう！」と、次なる獲物を定めて走り出す。ヨヨとエヴァはお互いを見合った後、仕方がないと同時に苦笑を浮かべてルナの後を追った。

「すみませーん、この『洞吹き貝《アスノスタ》』の串焼きを三本……いや、四本ください！」

「はーい、あら、お友達の分も買いに来たのかしら？」

「……？　いえ、ぜんぶ、自分で食べる分ですけど？」

「……ああ、部屋にでも持ち帰って後で食べるつもりなのね。それなら一本はそのまま、残りは保存紙にでも包んでおこうかしら？」

「いえ、ぜんぶ、ここで食べるつもりですけど？」

「え？」

「え？」

売り子をしていた優しげな女子生徒は、串焼きを買いに来た桜色の少女に困惑の表情を見せる。対するルナは、そんな彼女の困惑こそを困惑するように首をこてんと傾けた。

売り子の困惑はボリュームがたっぷりの洞吹き貝《アスノスタ》の串焼き——食べ盛りの男子が一本で満足する程のものを四本も平らげると言った少女の豪語に。

ルナは、平らげると言い張ったこの事実の『どこに疑問があるのか』と困惑を見せた。

「おい、ルナ。流石《さすが》に食べ過ぎだ。このあと試験もあることだし一本だけにしておけ」

もはやヨヨもルナの『四本平らげる宣言』には疑いを挟まず、違う方向性で彼女の食べ過ぎを制止する。言われたルナは「はぁ～い」と少しだけ残念そうな声で返事をしながら串焼き一本分の代金を売り子の女子生徒に渡した。

「はい、じゃあ焼き上がるまでちょっとまっててね……って、あら？　ヨヨくんじゃない」

「お、シスタス。ここ、お前の店だったか」

銀貨を受け取った女子生徒は付き添いの上級生に意外そうな声を上げる。

対するヨヨも意外そうに、だが親しみを込めた声で彼女の名を呼んだ。

「ヨヨ先輩、売り子のお姉さんと知り合いなんですか？」

「知り合いっつーか、そもそも――」

「こういうことよ、可愛《かわい》いお嬢ちゃん」

不思議がる後輩に向かって売り子の女子生徒は、チョコレート色のエプロンドレスの襟元から緑色のリボンを摘《つ》まんで見せた。

「緑色……ってことは、五年生っ!?」

「そう、五年生のシスタス・アル・エウネ。ヨヨくんの同級生よ。よろしくね」

「は、はいっ、一年生のルナ・アンジェリークです！」

突如とした五年生からの挨拶に、ルナがぴんっと背筋を伸ばして名乗りを返す。その後ろでは黒水晶の少女が信じられないと言った表情で売り子の上級生に視線を向けていた。

「──『金貨狂いの魔女《アルドニア・ウイッチ》』、シスタス・アル・エウネ先輩……どうしてそんな大物が店前で売り子なんかをしているんですか……っ」

「ふふっ、たまには売り場の空気を肌で感じないと勘が鈍っちゃうからね。でも『金貨狂いの魔女《アルドニア・ウイッチ》』はやめてちょうだい。わたし、あんまりその呼び名、好きじゃないの」

「あ、すみません。そうですよね。『金貨狂い』なんて呼び方、失礼でしたよね」

「そうよ。わたしを狂わせたいのなら聖王貨くらい持ってきてくれないと。もうっ、安い女に見られたものねっ」

「そっちの不満っ!?」

お金に狂うこと自体は何も問題ないと、エプロンドレスの魔女は晴れやかに笑う。

『金貨狂いの魔女《アルドニア・ウイッチ》』の名はソラナカルタの内に留《とど》まらず、国境を超えて大陸全土に伝わっていた。学生の身でありながら、世界最大規模の商会をひとりで立ち上げた魔法財界の異端児。海に浮かぶ孤島の校舎にありながら大陸全土の経済の流れを掌握し、手紙ひとつで無数の金貨を踊らせる。──『金を摑《つか》みたいのなら魔女の気紛《きまぐ》れの後を追え』とは同業者の中で知られる、シスタスを指した格言だ。

並外れたお金への嗅覚により、必要な需要に的確な供給を間に合わせてみせる魔女の手腕は、それこそ未来視だと言われても疑わない。

そんな彼女は自身を見つめる黒水晶の少女に穏やかな笑みを向けて問いかけた。

「それで、あなたのお名前は？」

「あ、はい。エヴァリーナ・レ・ノールです。エヴァとお呼びください」

「ふーん、そう。ルナちゃんとエヴァちゃんね……」

エプロンドレスの魔女はふたりの後輩を値踏みするかのように視線を這《は》わせた。事実、彼女にとってその行為は値踏みとしての意味もいくらかあったのだろう。魔法財界の異端児に観察された魔法少女たちは緊張しながら身体《からだ》を強張《こわば》らせていた。

「なるほど、なるほど、ふ～ん、なるほどねぇ……」

上から下へ、後輩たちの身体の隅々までを視線で舐めたエプロンドレスの魔女は言葉に合わせて頷《うなず》きをふたつ。何かしらの納得と共に生まれた結論を、シスタスは弾《はじ》けるような笑みを浮かべながら口に出した。

「いいわ、とってもいい！　ふたりからは素敵なお金の匂いがするわ！　ルナちゃんにエヴァちゃん、今度、わたしのお店で働いてみる気は……」

「俺の後輩に変な勧誘をするな」

「あうっ」

ピコンっ、と。

興奮するシスタスに、その言葉を止めるようヨヨのデコピンが炸裂《さくれつ》した。

可愛らしい唸《うな》りと共に額を押さえたエプロンドレスの魔女は「ちょっと誘うくらいいいじゃない！」と抗議の姿勢。対するヨヨは「俺がお前の趣向を知らないとでも？」と一歩も引かない構え。やんややんやと言い合いを繰り返す五年生たちを見て、ふと、それを眺めていたルナの口からとある感想が零《こぼ》れ落ちた。

「ヨヨ先輩って友達いたんですね」

「…………おい、ルナ。お前はいま、凄《すご》い失礼なことを言っている自覚はあるか？」

呻《うめ》くように返されたヨヨの言葉に、ルナが「ほえ？」と首を傾《かし》げる。頭の上に跳ねた一房の髪すらも器用に傾げていた。

わかっている。

この純真な後輩のことだ。悪意なんて一切ない心に浮かぶありのままの感想だったのだろう。確かに人付き合いが得意なわけではないし、友人と呼んでいい存在がそんなにもたくさんいるわけではない。それに友人のほとんどは同級生であり、迷宮にある工房に潜りがちな五年生同士では滅多なことでは交流がなく、ルナたちに、親しい間柄とのやりとりを見せた覚えがないのも確かだ。

でも、だとしても、だ。

友人がいることに意外性を持たれるほど、自分は社交性がないだろうか？

そんなやるせない気持ちを乗せて後輩を見てみても、ルナは首を傾げたままきょとんとした表情をしているだけだ。ちくしょう、可愛い。

ちなみにエヴァは顔を背けながら口に手を当ててぷるぷるしている。このやろう。

「あら、ルナちゃん。串焼きができたわよ。はい、どーぞ」

「わーい！」

シスタスが出来上がった串焼きを取り出すと、ルナの興味はすぐにそっちに向いた。

本当にただ、ヨヨの心を傷つけるだけの雑談だった。悲しい時間だった。

落ち込む青年の肩を、黒水晶の少女がぽんぽんと叩《たた》いて慰める。

「ヨヨさん、元気出してください。ぷふっ」

「……慰めるつもりなら、もう少し頑張れよ」

虚《むな》しい哀愁をどよんと纏《まと》わせながら、はあとヨヨはため息を吐く。

どうにもならない現実に頭を掻《か》き、ふと見上げた視線の先ではガラス造りの時計の針が時間の訪れを教えてくれていた。

「おい、ルナ、エヴァ。そろそろお前らの試験じゃないか?」

「あ、本当ですね。ルナちゃん、そろそろ準備しましょう」

ヨヨの忠告に頷いた黒水晶の少女が、いまだに貝の串焼きをもごもごしている親友に声をかける。口を塞がれているので、こくこく、という二度の頷きが返された。

緊張感のない後輩に苦笑を浮かべながら、三人は会場へ。

『魔導力学』の試験会場である、工房迷宮へと向かった。

＊＊＊

ソラナカルタの試験は教科によって担当講師の工房が会場として使われることがある。

魔術講師たちの工房はその多くが名前の通り工房迷宮にあり、試験を受けるためだけに生徒は迷宮に潜らなければいけないことがあるわけだ。

これからルナたちが受ける魔導力学の試験もその都合が適用され、彼女たちは迷宮の第二層『玩具仕掛けの街《アルス・ランタン》』にある図形の城を目指していた。

「ふう、どうして試験を受けるだけなのに迷宮を攻略しないといけないんですか」

背中についたゼンマイをカチコチ鳴らせるワニの玩具を斬り払いながらエヴァが文句を垂れる。『玩具仕掛けの街《アルス・ランタン》』に棲息《せいそく》する魔法生物は、その多くが魔法使いの研究の失敗作として捨てられた悲しき魔導兵《ゴーレム》たちだ。

無機物であるはずの魔法の玩具たちだがソラナカルタに溢《あふ》れる独自の術素を組み込んだことにより、あるモノは感情を持ち、あるモノは特殊な進化を遂げ、中には魔導兵《ゴーレム》同士で繁殖するモノもいるというのだから驚きだ。

玩具たちが支配する、魔導仕掛けの夜の街。

そんな不可思議を内包するダンジョンを魔法使いたちが放っておくはずがなく、そうして建てられた多くの工房のひとつが、これからルナたちが受ける試験の会場というわけだ。

「つまり会場に辿《たど》り着くのも試験のひとつってことだ。まあ、中にはわざわざ校舎まで顔を出すのが面倒くさいから工房を会場にするなんて魔術講師もいるが」

「そんな人もいるんですか？」

「錬金術の先生には気を付けろ。あの人の物臭さのせいで退学した生徒は数知れねぇ」

巨大な玩具の亀、その背中で回るゼンマイを引き抜きながらヨヨが忠告する。

甲羅を踏んで跳躍すると同時、亀が爆発して周囲にいた魔導兵《ゴーレム》たちが巻き込まれた。

「――『原初の雷よ《トルニス》』ッ！」

ルナも一節呪文で放つ雷条で、空を飛ぶ鳥獣玩具を撃ち落とす。バチリバチリと帯電する魔導仕掛けの獣たちを見ていたルナに念のためヨヨが一言。

「……食べれねぇぞ」

「た、食べませんよ！　流石に！」

失礼な！　と憤慨するルナであるが、彼女の壮絶たる食欲を見てきたヨヨにとって、その可能性は十分に危惧するものであった。

「ヨヨさん、なんかいっぱい来ましたよ！」

そんな不安をよそに、エヴァが道の向こう側を指差しながら声を上げた。

カッチコッチ、カッチコッチ、カッチコッチ、カッチコッチ。

玩具たちの訪れを教えてくれたのは鼓動の代わりに響くゼンマイの多重奏だ。道の先から現れたのは光沢のある銀鎧《ぎんがい》を纏った魔導仕掛けの騎士団。クラフト素材で作られたコミカルな馬に跨《また》る騎兵を前にして、その後ろには槍《やり》やら剣やらを足踏みと共に掲げている歩兵たちの姿がある。

「ヨヨ先輩っ！　キリがないですよ！」

「だなぁ。それに普段より玩具の数が尋常じゃねぇ。さてはシヴィラ先生が簡単に工房まで辿り着かせねぇために工場種《クラフター》にクズ鉄でも喰《く》わしたな？」

ヨヨが面倒臭そうに呟《つぶや》いた。

工場種《クラフター》とは宝石でもクズ鉄でも、あらゆる無機物を咀嚼《そしゃく》して分解し、胃の中で魔導兵《ゴーレム》を組み上げる不思議な体質を持った魔法生物のことだ。時として黒の術素に汚染された魔法鉱物すらも区別なく貪ってくれるので、錬金術の失敗により生み出された『呪素物質《カース・ライン》』の廃棄先としても活躍することがあるとか。

とまあ浮かぶ世説は脇に置き、魔法使いたちは現状の問題を考える。遠目から迫る玩具の兵団を含め、街に溢れた無数の魔導兵《ゴーレム》たちをいちいち相手していてはキリがない。

さてどうしたものかと、ヨヨが思考を巡らせていると――。

ピィイイイイイイイイイッッッ、と。

甲高い、鼓膜を聾《ろう》するほどの高音が玩具の世界に響き渡る。その盛大な高音は、魔導仕掛けの街を旅する巨大なカラクリの心臓が動き出した音。

がしゃん…………がしゃん……がしゃん……。

がしゃん、がしゃん、がしゃん、がしゃんがしゃんがしゃんがしゃんがしゃんっ!!

遠くから訊《き》こえる徐々に間を詰めていく車輪の音、その発生源へと目をやれば――遥か彼方、もくもくとした白い煙を吐き出して発進する巨大な鉄の塊が確認できた。

「しめた。『玩具巡りの機関車《リングス・エキスプレス》』だ。あいつに乗っちまえば玩具たちは手出しができねぇ。急ぐぞ！」

「は、はい！」「わかりました！」

結論を得たヨヨが少し離れた建物へと走り出した。煉瓦《れんが》造りの小さな建築、その屋根には大陸共通語で『駅《スタシオン》』の文字がペイントされている。

ヨヨの決定に驚きながらも頷くふたりの魔法少女。青年の背中を追いかけながら見上げた視界、そこに映ったのは彼方《かなた》より迫る蒸気機関車だ。そして当然、世界の不思議を掻き集めたソラナカルタの迷宮は少女たちの常識を我が物顔で嘲笑《あざわら》う。

「「空を走ってるっ!?」」

どこからか飛んでくる鉄線と木の板が空中で組み合わさり、出来上がった即席の線路の上を巨大な鉄の塊が駆け抜ける。右に左に、上に下に、時には大きく一回転と、安全運転の言葉を忘れた気ままな機関車の運行にルナたちは終始驚き顔だ。

そんな少女たちの驚愕《きょうがく》に割り込んだのは、忙しいゼンマイの駆動音。

カチコチカチコチ、カチコチカチコチっ！

振り返れば、獲物を逃してたまるかと背中のゼンマイを高速に回転させた玩具の兵団がもの凄い速さで迫っている。中でも騎兵の機動力は目を見張るものがあり、このままでは駅に辿り着くまでに追いつかれてしまうだろう。

「エヴァちゃん、あれ！」「――わかったわ！」

ルナが近くに立った時計塔へと指を差す。

具体性のない短いやりとりは——ただ、仲良しな親友にはそれだけで十分だった。

「ハァッ!!」

駆けた勢いを緩めないまま、熾《おこ》した魔力を剣に込めたエヴァが時計塔へと斬りかかる。

気合と共に放たれた少女の剣撃は、煉瓦ような材質の時計塔に横へ大きく亀裂を走らせた。

「——『爆《ヴ》ぜる火種《アルゴ》よ』ッ！」

そして追撃を担うのは、桜色の少女から放たれた爆発魔法だ。

エヴァの斬撃により崩れかけていた時計塔は、ルナの一撃によってその耐久力をゼロへと枯らす。傾いた時計塔が盛大な破壊音と共に道に横たわり、玩具の騎士団と魔法使いたちを明確に遮断した。

瓦礫《がれき》の向こう側では、カッチ、コッチ……カチコチ……と、不規則に鳴らされるゼンマイ音が玩具たちの動揺を明確に教えてくれる。

「お見事。なかなか機転がきくようになってきたな」

「えへへ～」

「まあ、これくらい当然ですよ」

大好きな先輩に褒められて満面の笑みのルナと、自信ありげに、でも嬉《うれ》しそうに頬を緩めているエヴァが相変わらず過ぎて思わず微笑を漏らしてしまう。

追手の足を止め、余裕のできた彼らは駅のプラットフォームで『玩具巡りの機関車《リングス・エキスプレス》』の到着を待っていた。ルナとエヴァは当然ながら空を駆ける機関車に乗るのが初めての経験であり、目一杯のわくわくで瞳をきらきらと輝かせている。

「ん、あれは――」

だがヨヨは、組み上がる線路が駅の手前で描いた軌跡に危惧を抱く。縦に大きく伸びた円のレール。本来であれば減速を始める位置を駆ける機関車だが、かき鳴らされる駆動音には一切の遠慮が生まれない。となれば、考えられる可能性はひとつだ。

「やべ。ここ、通過駅だ。機関車止まらねぇぞ」

煙を吐き出しながら円の頂上へと駆け上がる鉄の塊を見てヨヨはそう確信する。滑る勢いをそのまま乗せて、目覚ましい勢いになった機関車にルナは動揺を声にした。

「そ、それじゃ、どうするんですか！」

「……仕方ねぇ、飛び乗るか」

「「え？」」

魔法少女たちが疑問符を浮かばせると同時、凄《すさ》まじい風圧と共に鉄の塊がプラットフォームを駆け抜ける。速度と質量はそのまま物体の持つエネルギーを表し、その両方が漏れなく絶大な玩具世界の機関車にルナたちは戦慄の表情を浮かばせた。

――これに飛び乗る？

――むりむりむりむりっ！！

お互いを抱き合って出された提案に全力で首を振る魔法少女たち。

だが、そんな彼女たちの腰に、ガシッ!!　と、ヨヨの力強い腕が回される。

「何事も経験だ。ほら、いくぞ！」

「「いやぁあああああああああああああああああああ――――ッッ!!」」

機関車の駆動音に少女たちの絶叫を混ぜながら、ヨヨたちはプラットフォームを飛び立った。開きっぱなしだった窓から滑り込むように車内に突入した魔法使いたち。時間にすれば一瞬であったが、その刹那に詰め込まれた驚きと衝撃は一年生の少女たちにとって少しばかり刺激が強かったらしい。

「うう～」「あう～」

車内ではふたりの妖精が目をぐるぐると回しながら転がっている。

呻《うめ》きながらも、よろよろと手を伸ばし、ノートにメモを取るルナは流石《さすが》だった。

そんな姿に微笑《ほほえ》みながら、ヨヨは窓の外の景色を眺める。

玩具の街並みを横断し、機関車は迷宮の奥に聳《そび》え立つ図形の城へと向かっていた。

世にも奇妙な魔導仕掛けの街並みを可愛《かわい》い後輩たちに見せたいという欲もあったが、その願望をそっと心の内にしまっておく。

――いまはこのまま休ませておいてやろう。

だって、少女たちの試験はまだ、始まってすらいないのだから。

＊＊＊

　魔導力学講師の工房は、壁面のあらゆるところに数字の書かれた幾何学的な意味を持つ不思議図形の城であった。

　なんでも刻まれた数字をとある法則に則《のっと》って足し合わせたり掛け合わせたりすることで、魔術的な効能を城の内部に生み出しているとか何とか。以前にそのような説明を受けたが魔導力学の成績がそれなりであったヨヨでも、何を言っているかよくわからなかった。

「よくきたな、ワタシの可愛い教え子たちよ。お前たちが一番乗りだ」

　図形の城の入り口でルナたちを迎えたのは白衣を着た女性だった。

　ひとつにまとめて後ろに流した茶髪。化粧気は薄く、服装も穏やかではあるのだが、切れ長の瞳にはナイフのような鋭い眼光が宿っていた。クールな研究者の気質から『できる女』を匂わせた、男子生徒よりも女子生徒からの人気の高い魔術講師。

　科学宮の才女、シヴィラ・カルピーナその人である。

「それにしても随分早いなお前たち。ワタシが工場種《クラフター》にガラクタをたくさん喰わした関係で、いまの『玩具仕掛けの街《アルス・ランタン》』には普段の倍ほどの玩具兵が彷徨《さまよ》っているはずなんだが」

「あー、やっぱり先生の仕業でしたか」

「む、五年生のクロードか。なるほど、お前の協力があったならこの早さにも肯《うなず》ける」

　お互いの納得で交わされたやりとりに、先のヨヨが言った通り工房までの道のりも試験の一種であったことが裏付けされた。

「えっと、もしかして、ヨヨ先輩に手伝って貰《もら》ったのはダメでしたか……？」

となれば、その試験を上級生の協力のもとに乗り越えてしまった自分たちは反則だったのではないかとルナが不安を浮かばせる。だが教え子の心配に対して――問題ないと、科学宮の才女は手を振った。

「なに、心配するな。力ある者と縁を結ぶのも魔法使いの才能だ。魔法とはもともと人を惑わす性質を持った悪魔たちの法、その力を操る魔法使いにも生まれながらにして人を魅了することに長《た》けている奴《やつ》が多い。ほら、力ある魔法使いは軒並み綺麗《きれい》だったり格好良かったり可愛かったりするだろ？」

「かっこいい……そうですね！」

ルナがちらっとヨヨを横目で見てから力強く頷《うなず》いた。

「そして勿論《もちろん》、ワタシも力ある魔法使いだ！　見ろ、この黄金のプロポーションを！」

言って、シヴィラがスラリと伸びた身体《からだ》を見せつけながら胸を張る。

ソラナカルタの講師は漏れなく世界屈指の魔法使いだ。先の言葉に則るのならば、力ある魔法使いである彼女は綺麗であったり格好良かったり可愛かったりするはずである。

「たしかに、シヴィラ先生は素敵なスタイルをされてますよね。憧れちゃいます」

「そうだろうそうだろう！　素直な生徒は嫌いじゃないぞ！……うん？」

エヴァの指摘に対して自信満々に胸を張るシヴィラの言葉が疑問形になって結ばれた。

自身を褒めてくれた黒水晶の少女――彼女の身体の上から下までを観察し、女性らしい起伏に富んだ胸元と引き締められ腰元を確認する。

そして黄金を語った自身の身体へと視線が移り、伸びやかで美しくはあるのだが、どうも高山帯に恵まれなかった凪《なぎ》の有り様に表情を凍らせた。

――なんだなんだ？

この教え子は、胸元に立派なウィルエット山を抱えておきながら、凪の大地であるワタシの身体を憧れると言ったのか？　皮肉か？

「……レ・ノール。お前が今日受ける試験は最高難易度だと決まった。いま決めた」

「な、なんでですかっ⁉」

「賛成です、先生っ！」

「ルナちゃんっ⁉」

突拍子もない決定と、親友からのまさかの裏切りにエヴァが目を剝《む》いて声を上げた。

「そうかそうか、アンジェリーク。お前も『持たざる者』なのか……辛《つら》いよな、悲しいよな、わかるぞ。でも諦めるな。お前はまだ若い。希望はある。星にはまだ手が届く。ワタシが叶《かな》えられなかった夢を、どうかお前が叶えてくれ……」

「先生っ……はいっ、わたし、がんばります！　牛乳、いっぱい飲みます！」

「うむ。あとでワタシが小数点まで計算した完全栄養レシピをやろう。励めよ」

「はいっ！」

ガシッと力強く手を握り合い師弟の絆《きずな》を確認し合うシヴィラとルナに、エヴァは戸惑い顔、ヨヨは困り顔だ。夢を追うことには定評のある桜色の少女だが、その背中にどうしようもないモノまで背負わされたやりとりに乾いた笑みを浮かべるしかなかった。

「さて、茶番はここまでにしてそろそろ試験の説明をするか」

言って、シヴィラは図形の城のとある広間へと教え子たちを案内する。

壁面が黒板で構成されたその場所では、そのあちこちでカッカッカッカとチョークを叩《たた》く音が訊《き》こえてきた。視線を向ければ、顔に文字盤を乗せたゼンマイ人形たちが一心不乱に黒板に数列を書き連ねている。

「先生、あれって……」

「ん、あの人形たちか？　あれはワタシがとある計算をし続けるためだけに調整した魔法人形《マリオネット》だ。魔法科学界には証明の計算に呆《あき》れるくらい時間がかかる公式や定理が存在するからな。そんなもんで貴重な魔法使いの時間を使ってやれん。例えばあそこにいる魔法人形《マリオネット》はもう四年もの間、同じ計算をし続けてるぞ」

「よ、四年……っ」

「ははは、ちなみに証明終了は五年後の予定だ」

幾つかの階層が吹き抜けとなっている広間。

その遥《はる》か彼方、瞳の光が届かない上にまで並べられた数字の並びにルナとエヴァは驚きで心を染める。途方もない時間の積み重ねが生み出した魔法使いの成果に魔導の果てしなさを垣間見《かいまみ》た瞬間であった。

「おっと、あいつの時間があんまり残ってないな。巻き直してやるか」

シヴィラは数字を並べ続ける魔法人形《マリオネット》の一体に近寄り、その背中のゼンマイをカチコチと巻いてやる。それに合わせて魔法人形《マリオネット》の顔に張り付いた文字盤が巻き戻り、心なしか嬉しそうにカッカカッカカとチョークを黒板に走らせた。

「さあ、改めて試験の説明をしよう。ああ、わかっていると思うがクロードの協力はここまでだ。ここから先はお前たちだけの力で試験に挑め」

再び教え子たちに向き直った科学宮の才女が細く長い指を立てながらそう告げる。

ルナとエヴァは同時に頷き、続く説明に耳を傾けた。

「ちなみにだがお前たち、試験はふたりで挑むか？　それとも別々で受けるか？」

「え？　ふたりで受けてもいいんですか？」

「構わないぞ。その分、試験の難易度は上げさせてもらうがな」

言われてふたりはお互いの顔を見合った。

言葉はなく、視線が交じり、ただそれだけで仲良しな妖精たちは意志を伝え合う。

何方《どちら》からともなく手を握り、愛《いと》おしさで指先が絡み、笑顔を以《もっ》て科学宮の才女にその答えを揃《そろ》えさせた。

「それなら――」

「ふたりで受けます！」

「仲いいなぁ、お前たち。お、なんだ？　眩《まぶ》しすぎて直視できないぞ？」

「先生はもう汚れてますもんね」

「……クロード。お前は後で新開発の力学魔術の実験台になってもらうからな」

少女たちの純色の友情に、シヴィラが尊いものを見たかのように目を逸《そ》らす。それに軽口を加えたヨヨが悲惨な未来を約束させられた。

「試験の内容は簡単だ。この広間のあちこちに扉があるだろ？　中にはワタシが試験のために調整した魔法空間が広がっている。選んだ扉の中にある問題を解いて見せろ。試験の内容はそれだけだ。解くまでの過程も採点基準に入るから最後まで諦めるな。まあ、逆に雑な解き方で答えを出したら評価は少し悪くなるが」

ルナたちはきょろきょろと広間を見渡して扉を探した。

普通に壁面に貼り付けられたものや、ふわりふわりと宙に浮かぶもの。地面に埋まっているものなんかもある。

「扉ごとに試験が違うってことですか？」

「そうだ。魔法使いには運も必要だからな。巡り合いを大切にできる魔法使いってのは成功しやすい。お前たちが魔導を極めたいのならここで文句を言う資格はないぞ？」

「先生、でもそれは――」

「クロード」

シヴィラの説明に何かを言いかけたヨヨであったが、科学宮の才女の眼力《がんりき》が開きかけた口を縫い止める。有無を言わせない視線を前に、仕方がないとヨヨは一歩引いた。

そのやりとりを疑問に思いながらも、エヴァは質問を再び投げる。

「解く――ということは、扉の先には魔導力学の問題があるということですか？」

「それは開けてからのお楽しみだな。未知に対する判断力も採点基準のひとつだ。ヒントをやるなら、魔導力学は机上の学問ではなく実践的な成果こそを求める実用的な学問だということだ」

「「………」」

ふたりの妖精はお互いを見合いながらシヴィラの言葉を考える。

未知を想像し、頭の中で未来を描くことこそが魔法使いの戦い方だとヨヨに教えられた。

与えられた情報でイメージを組み立てながら、ふたりの魔法少女は考察をぶつけ合う。

実に魔法使いな後輩たちの姿にヨヨは微笑みながらも、どこか心配そうな瞳で科学宮の才女へと視線を向けた。返されたのは、立てた指を口元へと添えるジェスチャー。――駄目だぞ、と後輩たちへの助言を禁じられれば、ヨヨにはもう彼女たちを見守ることしかできなかった。

「先生っ、わたしたちはこの扉にします！」

ルナたちが選んだのは、地面に埋まっていた扉のひとつ。

ドアノブのところに書かれた数式の答えが『4』を示している扉だ。

「ふむ、何か理由はあるのか？」

「魔法使いは巡り合いが大事だって、先生は言いましたよね？」

「言ったが、それが？」

「第四層は、ヨヨ先輩と巡り合えた場所だから！」

「――っ」

放った言葉の宝石がヨヨの心に盛大な衝撃を与える。

一片の疑いすらも許さない桜色の笑顔を前に、あらゆる情理を覆すソラナカルタの五年生が為《な》す術《すべ》もなく打ちのめされた。

「ほっほ～う、愛されてるなぁ、ヨヨ先輩？」

「……揶揄《から》かわないでくださいよ、先生」

照れるように否定しながらも、ヨヨの中では愛おしさが爆発していた。

もしこの場にルナしか居なかったら、その小さな身体を全力で抱きしめていたことだろう。それをしなかった己の理性を誰か褒めてくれ。

「おっと、いかんな。お前たちは揶揄かいがいがあるからすぐ話が横道に逸れてしまう。早くしないと他の生徒を待たせるはめになってしまうからな」

シヴィラは扉を開け、さあ行けと、教え子たちを視線で促す。

試験へと向かう後輩たちへ、ヨヨは最後に一言――。

「頑張れよ、ルナ、エヴァ」

「はいっ！」「いってきます！」

大好きな先輩の激励こそを最大の追い風とし、ふたりの妖精は扉の中へと飛び込んだ。

空間が少女たちの身体を飲み込み、魔法領域へと流れていく。それを最後まで見届けてからシヴィラは扉を閉め、静かになった広間を見渡してからヨヨに問いかけた。

「さて、クロード。随分と心配そうな顔をしてるが、理由を訊いてもいいか?」

「……ファーベルト図形」

「正解だ」

先ほどルナたちに言いかけた言葉を口にし、その固有名詞に科学宮の才女が丸をつける。

ファーベルト図形は魔法数学界において発見された『図形そのものに魔術的な性質を持つ』数少ない幾何学魔術のひとつだ。特殊な立体に、正しい線分比で打った点を結ぶことで発動する立体魔法陣の応用概念である。

「この広間の構造がファーベルト図形。扉の位置が点の座標。となれば、それぞれの扉には魔術的価値観における階級が存在しますよね」

「その通り。そしてお前も予想していると思うが、その階級こそが試験における難易度を示している」

つまり、先の説明でシヴィラが放った言葉には嘘《うそ》が交じっていた。

試験の選択には運ではなく、理屈の通った答えまでの方程式が存在した。

「あの子たち、お前が鍛えているだけあって魔法の実力は一年生にしてはいい線をいっている。ただ、心が素直に過ぎるな。魔法使いの言葉をそのまま受け取るなんて思考停止もいいとこだぞ。ソラナカルタで生き残るだけの強い魔法使いになって欲しいなら、そこらへんの『濁り』も教えてやったほうがいいと思うが？」

「……そうですね、考えときます」

「ワタシはお前にももっと濁りが必要だと思うがな」

実に魔法使いらしい価値観で教え子に忠告する科学宮の才女。

壁面までを歩き、黒板をコンと叩けば、そこには転写魔法で映し出されたルナたちの姿が見て取れる。未知なる魔法領域で戸惑いを見せる教え子たちを眺めながら、シヴィラ・カルピーナは楽しそうに採点のための羽ペンを取り出した。

「あの子たちが選んだのは、難易度十段階中の九——『オルブレッドの悪魔』だ。数字に踊れ、座標に笑え。並ぶ集合に規則を見出《みいだ》し、解までの式を組み立てろ。そして、見えざる値にまで目を向けられれば、お前たちは魔導力学者だ」

瞳を期待に躍らせる魔術講師のその後ろで、不安の表情を隠せないままのヨヨが後輩たちの試験を静かに見守った。

＊＊＊

ガラスの箱庭と、そう呼ぶに相応《ふさわ》しい世界こそが彼女たちの試験会場だった。

空間転移における独特な五感消失から立ち直った少女たち。ふと辺りを見回せば、あらゆるものが半透明な立方空間に自分たちが居ることに気付く。

「ここが、魔導力学の試験場……？」

「みたいね。ルナちゃん、気分は悪くない？」

魔法領域の転移には、急激な術素濃度の変化により『術素酔い』と呼ばれる魔法使い特有の症状を起こす者がいる。その心配をした親友に桜色の少女は「心配ないよ！」と笑顔を返した。可愛《かわい》い。ルナちゃんは今日も可愛い。

「こほん……えっと、それじゃ状況を確認しましょうか」

咳払《せきばら》いで意識を切り替えながら、エヴァはこの魔法領域の把握に努める。

ぱっと見では出口の見当たらない、ガラスの壁で六方が囲まれた密閉空間。見える世界のその全ては半透明に透けていて、どこか神秘的な印象を受ける箱庭だ。

その中央に鎮座するのは巨大な白色の塊。純粋な白とは違い、少しだけ灰色が混ざった楕円球《だえんきゅう》の物体、その中心にて剝《む》き出された紫色の魔石を見て取れば、その塊がいったい何であるのか――その解答は容易に想像できた。

「たぶんあれ、魔導兵《ゴーレム》だよね」

「だと思うわ。いまはまだ動いていないみたいだけど……」

それは魔導科学界における最も実用的な成果のひとつ。魔法金属に一定の行動式を含んだ魔術陣を組み込むことで動く魔法の人形だ。

「あ、エヴァちゃん、こんなのが落ちてたよ」

その存在を認めながら、ルナは箱庭に落ちていた羊皮紙を拾い上げる。ふたりで仲良くそれを覗《のぞ》き込めば、書かれていたのは魔導力学の試験内容であった。

『第一学年【魔導力学】学期末試験　『オルブレッドの悪魔』

担当講師　シヴィラ・カルピーナ

対象生徒　ルナ・アンジェリーク
　　　　　エヴァリーナ・レ・ノール

達成条件　魔導兵《ゴーレム》の活動を停止させよ。

注意事項　試験時間は30分とする。
　　　　　対象生徒が試験続行不可能と判断された場合は試験終了となる。』

出された課題文により、目の前の物体が魔導兵《ゴーレム》である確認も取れた。

魔導兵《ゴーレム》の無効化は授業でも何度か経験した事のある実技内容。組み込まれた魔術陣を読み取り、その行動性質を理解することで初めて可能となる力学演習の基礎的内容だ。

「オルブレッド？　どこかで訊《き》いたことがあるような……」

ルナは課題文に示された表題に耳覚えを感じ、記憶の箱を漁《あさ》ってみる。しかし膨大な読書量を誇る少女の記憶には実に雑多な知識が散らかっていた。目的の情報をなかなか拾い上げることができず、うーんうーんと頭を悩ましていたが……どうやら、魔導仕掛けの人形は、その解決を待ってはくれないようだ。

ビィンッ！　と。

白色の楕円球に瞳のような赤い輝きが浮かび上がった。

滑らかな湾曲部位の四方から昆虫じみた節脚が伸び、ガフスの床をズズンっと踏み締める。その姿はまるで四本脚の巨大な蜘蛛《くも》を思わせた。ガシャガシャと喧《やかま》しい駆動音を鳴らしながら迫る姿には、魔術陣に組み込まれた明確な敵意が見て取れる。

「エヴァちゃん！」「ええっ！」

魔導兵《ゴーレム》の臨戦態勢を見て、ふたりの魔法少女も迎撃の構えを取った。

剣を抜いたエヴァが前へ、魔力を熾《おこ》したルナがその後ろへ。幾度となくペアを組んできた少女たちの魔法戦闘における位置関係——二人陣形《ツーマンセル》だ。

近接を得意とするエヴァが敵と競り、その後ろでルナが呪文による援護を送る。単純だが効果的な、魔法戦術における基礎態勢——だが、今回に限っては主攻と援護の配役は逆転していた。

「私が魔導兵《ゴーレム》の攻撃を引き受けるわ！　ルナちゃんはいろんな魔法を試して！」

「うんっ！」

言葉にもされた役割分担、その責を果たすようにエヴァは魔導兵《ゴーレム》と接敵する。四本脚の人形は赤子の癇癪《かんしゃく》のように節脚で地面を叩《たた》きまくり、近寄ってきた魔法使いを踏み潰そうと襲いかかる。しかしその攻撃に黒水晶は捕まらない。

幼い頃より近接戦闘に慣らされた黒水晶の瞳なら、単調な直線攻撃を見極められないはずがない。まるで浮いた羽毛を摑《つか》もうとする手から逃げるかのように、ひらりひらりと四本脚を掻《か》い潜《くぐ》る。スカートが翻り、黒水晶の髪が花弁を散らすかのようにはためいた。

「――『原初の火よ《フレミア》』――『原初の雷よ《トルニス》』――」

エヴァが攻撃を引き受けている間に、ルナの初級魔法が繰り返される。

魔導兵《ゴーレム》の無効化として一般的なのは、構成された魔法金属の弱点属性による攻撃で機能を停止させてしまうことだ。炎が舞い、氷が吹雪《ふぶ》き、風が流れ、雷が駆ける。呪文の詠唱と共に重ねられた試行――その結果を見て、ルナは悔しそうに唇を噛《か》んだ。

「エヴァちゃん、ごめんね！　わたしが使える属性魔法だと、弱点は突けないみたい！」

「……それなら、ちょっと魔導兵《ゴーレム》の下に潜り込むわ！　援護をお願い！」

次なる対抗策は、魔導兵《ゴーレム》の構築における脆弱性《ぜいじゃくせい》を突くことだ。

一般的に魔導兵《ゴーレム》は、『魔石』『魔法金属』『魔術陣』の三つの要素で構成される。勿論《もちろん》、用いられる素材によって多少の変化はあるが、これらの要素の中で最も外部から手を加えやすいのは魔術陣だ。組まれた陣を無効化するためには余計な魔術式を介入させて機能を狂わせたり、もっと単純に陣に傷をつけるのでもいい。

よって魔導兵《ゴーレム》の製作者はその弱点を隠すために、外部から干渉されにくい部位に魔術陣を刻む傾向にある。目の前の魔導兵《ゴーレム》を見据えてその場所がどこかと疑えば——強大な四脚によって囲まれた胴体の下こそが候補に上がった。

「まあぜんぶ、ヨヨさんの受け売りなんですけどね！」

試験前の勉強会を思い出しながら、黒水晶の少女は駆けた。ルナの魔法による援護を貰《もら》いながら襲いかかる脚を潜り抜け、エヴァは胴体の下へと潜り込む。

「ビンゴよ！」

見上げた視界、白色金属に刻まれた紫光色の魔術陣を認めてエヴァが微笑《ほほえ》む。

緻密な計算によってなされた魔術陣は、その文字式に一本の傷があれば効力を発揮できない。エヴァは魔力の込めた剣を振り上げて、魔導兵《ゴーレム》に止《とど》めを刺そうとする。

——が、ギィインッ!!　と。

魔術陣に達する前に、斬り上げた剣が『見えない壁』によって遮られた。

「なっ——」

突然の予想外に、エヴァの驚きが響く。

鋼の手応え。そこから返された衝撃は少女の身体《からだ》を魔導兵《ゴーレム》の下から弾《はじ》き出した。戸惑いを挟む少女へと追撃するため脚の一本がエヴァへと向かう。困惑を残しながらも冷静な判断で踏み下ろしを回避するが——次の瞬間、彼女の身体が『見えない何か』によって吹き飛ばされた。

「――――ッ!!」

不可視の攻撃にまともな受け身も取れず、少女の身体がガラスの箱庭を転がる。悲鳴を押し殺しながら直《す》ぐに立ち上がるエヴァだったが――額が切れたのか、その顔には一本の赤い線が引かれていた。

「エヴァちゃん！」

「……大丈夫よ。ちょっと皮膚を切っただけだから見た目ほど痛手ではないわ。それよりもいまの攻撃……まるで『見えない脚』にでも蹴り飛ばされたみたいな……」

制服の袖で額に流れる血を拭いながらエヴァは言う。

認識外からの攻撃。魔導兵《ゴーレム》が有する未知にふたりの少女は顔を歪《ゆが》ませた。がしゃんがしゃんと四脚を動かしながら迫る魔導兵《ゴーレム》。カラクリがわからないまま迎撃するのは危険だと判断したふたりはガラスの箱庭を逃げ回る。

「……見えない脚」

その最中、ルナは親友の言葉に引っ掛かりを覚えた。

目の前の事実――『見えない』というその現象が、彼女の知識の何かを擽《くすぐ》るのだ。それがいったい何なのかと必死にルナは記憶の箱に手を突っ込む。思い出しの旅路と並行して魔導兵《ゴーレム》から逃げ回る中、踏み下ろされる脚を横っ飛びで回避することでルナの懐から課題の記された羊皮紙が溢《あふ》れ舞った。

ふと、そこに書かれた文章――表題の文字に目をやって。

はっ、とルナは青空色の瞳を見開いた。

「オルブレッド！　虚数魔術の発見者、オルブレッド・アーチン！」

記憶の奥から掬《すく》い上げた名を叫ぶ。それは、観測ができないとされていた虚数界に魔術の干渉を成功させたとある魔法数学者の名前だった。同時に掘り下げるのはルナの知りうる虚数魔術についての知識――直接の干渉が許されない虚数界では、そこに編まれた魔術を観測するために何かしらの『仲介』を挟まなければいけなかったはず。

「――『原初の火よ《フレミア》』――『原初の氷よ《コキュート》』――」

ルナはふたつの魔法をガラスの壁に放った。

火炎魔法により融解したガラスが氷結魔法で急速に冷え固まり、壁面の一部が、向かい合う世界を鮮明に映し出す一枚の鏡へと成り代わる。

「やっぱり、八本脚の魔導兵《ゴーレム》っ！」

鏡を経由して見た魔導兵《ゴーレム》は、ルナが叫んだ通り八本の節脚に支えられていた。

元々として、多脚型の魔導兵《ゴーレム》に四本脚は適さない。その体を支えるには常に二本の脚が地についていなければならず、残る二本の脚では可動域に余りにも不自由が多い。

一般的に多脚型の魔導兵《ゴーレム》の脚は八本以上が適正とされており、ソラナカルタの試験に出された魔導兵《ゴーレム》に四本脚などという欠陥があった時点で何かしらのカラクリを疑うべきだったのかもしれない。

虚数魔術によって隠された四本の脚。

鏡を経由することで捉えたそれを見定めて、エヴァは笑みを浮かべた。

「見えない脚――それがわかれば私だって……！」

「あ、まって、エヴァちゃん！」

ルナの制止の声は僅かに遅く、エヴァが魔導兵《ゴーレム》へと突撃した。

視界に収めた鏡の中では現実では見えない脚をこちらへと振り下ろす魔導兵《ゴーレム》の姿が映っている。その攻撃に合わせてエヴァは剣を振るうのだが――。

「え……ッ!?」

手応えはなく、振るった剣は空を切り――だと言うのに、次の瞬間には強烈な質量が少女の身体に襲い掛かる。見えない脚の餌食となり、轢《ひ》き潰されたエヴァの足。醜い方向へと曲がったそれは、素人目にも骨が折れているのだとわかる。

「あっ、うっ……っ」

「エヴァちゃん！」

魔導兵《ゴーレム》はそのまま傷ついた少女を踏み潰そうと襲いかかる。痛みに加え、足の負傷で動けなかったエヴァにその攻撃を防ぐ術《すべ》はない。恐怖に震える身体、怯《おび》え心の魔法少女、無抵抗となった黒水晶を砕くため、魔導兵《ゴーレム》は容赦無く巨大な脚を振り下ろす。

「――『爆ぜる火種よ《ヴァアルゴ》』ッ！」

だが、その暴虐を許さないと、ルナの爆発魔法が魔導兵《ゴーレム》の攻撃を弾き返した。

「ル、ルナちゃん……」

「あのね、虚数界は本来なら干渉できない領域なの。そこに攻撃をしたいなら、こっちも魔法的観測がないと扱えない力——術素による属性魔法じゃないと効果がないんだ」

「…………術素っ……」

告げられた言葉、その音の響きは冷たい刃となって少女の心に突き刺さる。

術素の有無——その事実が、エヴァにとって無視することのできない心の傷《トラウマ》を思い起こした。潰れた足が訴える激痛と並行して、手が痺《しび》れ、視界が滲《にじ》み、胸の奥に痛みが走る。

「あ……ぁ……あぁ……」

喉の奥からぽろぽろと漏れるのは、意味のない音の欠片《かけら》。

心の中が果てしない不安で渦巻き、身体の力がどんどん抜けていく。

赤子のように震えた親友を庇《かば》いながら、ルナが魔導兵《ゴーレム》へと向き合って——。

「エヴァちゃん、だいじょうぶっ、あとは任せて！」

頼もしく声を張って、振り返ることなく少女は駆け出した。

「ルナちゃん……」

痛みで転んだままエヴァが親友の名を呟《つぶや》く。

自分を庇い、遠くなっていく背中が、何となく途方もない距離に感じてしまった。

ルナの詠唱が訊こえる。魔法が響く。

耳が拾う音の塊を、まるで遠い世界の出来事のように感じながら——。

足を止めてしまった少女は、痛みで意識を闇へと転がした。

第二章 ♦ 『努力の花は乙女の園にて』

森の中、少し開けた場所で小さな女の子が剣を振り回していた。

レ・ノール領はエンストリア大陸の北部ある湖国フォルドの更に北に位置している。

元々より寒冷の気が強い土地でありながら、時期が冬ともなると吹き荒《すさ》ぶ雪の渦が領土を極寒の氷牢《ろう》へと変えてしまうため、領民の多くは外出を必要最低限に収めて、家に引き籠るようになる。

だが、少女は違った。

夜闇の黒を白色へと変えたかのような一面の銀世界。冷たきを運ぶ風は、もはや少女の身体に寒さではなく痛みとしての感覚を与えている。枯れた木々に囲まれて、均《なら》したばかりの地面に雪が積もり始めるのを認めながら——。

それでも少女は剣を振り回していた。

「はぁはぁはぁ……っ」

息を荒らげながら、汗でびっしょりと濡《ぬ》れながら、激しく身体を動かす。

冷たい空気に敗《ま》けないように熱を発する身体からはうっすらと湯気が立っていた。

剣を握る手は幾つものマメが潰れており、滲み出た血の広がりは既に寒波に晒《さら》されて凍っている。冷たさと痛みを感じる段階はとうに過ぎた。もはや指先の感覚すらなく、意地のみで剣を振っていると言ってもいい。

何故《なぜ》、少女はこんなにも頑張るのか。

それは、憧れた未来を摑《つか》むため——？

輝かしい色をした夢の欠片を手に入れるため——？

否——。

少女の努力は、星に手を伸ばす魔法使いとしての在り方とは違っていた。

彼女は逃げていた。

夢追う少女の足を摑んだ、現実という名の魔物から。

「はぁはぁはぁ……っ」

彼女の頭の中では、かつて母が放った言葉が呪いのようにこびりついていた。

——術素に愛されていない。

幼き頃の少女ではその意味を正しく理解することができなかった。諭すように語られた母の言葉に、理不尽だと声を荒らげて否定することしかできなかった。

いまならわかる。わかってしまう。

その言葉の意味を。あの時流した母の涙の理由を。

憧れた夢を嘲笑《あざわら》うかのように示された、盛大な皮肉として。

だが、少女はその理解を拒んだ。

己に鈍感を課し、努力をすれば夢が叶《かな》うと、美しい綺麗事《きれいごと》で自分を騙《だま》す。
剣を振るえ。剣を振るえ。剣を振るえ。
そうすればきっと、この足は夢の在り先にまで辿《たど》り着くはずだから。
「はぁはぁはぁ……っ」
それがただの現実逃避であると、心の何処《どこ》かではわかっていたのだろう。
何も知らず、ただ夢を追うために無邪気に振るっていた時はあんなにも軽かった剣が。
時間を重ね、現実を知っていくたびに、こんなにも重たくなってしまった。
気付くな。気付きたくない。もう少しだけ騙されていてくれ。
あとちょっと、あとちょっとだけ、夢を追っていたい。
いつの間にか、視界が歪んでいた。涙が、見える世界に濁りを浮かばせていた。
ずるりと、雪に足を取られて背中から転んでしまう。
降り注ぐ雪が少女の身体からどんどん熱を奪っていく。
「…………えぐっ」
漏らした嗚咽《おえつ》は、きっと誰にも届かない。
冷たい国の片隅で、ひっそりと、夢の眩《まばゆ》さに打ちのめされた少女の悲鳴。
思わず伸ばしたその手は、虚《むな》しく空《くう》を摑むのみ。
見上げた空は、分厚い雲に覆われていて――。
星の輝きを、どこにも見つけることができなかった。

＊＊＊

追憶めいた夢から覚めると、知らない天井がそこにはあった。

身体《からだ》を起き上がらせて辺りを見てみると、余計な調度品を排した簡素な部屋が映り、ここがソラナカルタの医療工房の一室であることに気付く。

「ああ、そう。私は——」

思い出せる記憶の最後が自身の失態であることで、いま自分がここにいることの説明がついた。魔導力学の試験で怪我《けが》をした自分は治療のためにここに運ばれたのだ。

「……ほんと、私はまだまだね」

見たばかりの夢の中で、憧れに手を伸ばした幼き記憶がいまの自分と重なった。

見上げた星の輝きはどこまでも遠く、果てと称しても相違ない距離を以《もっ》て現在地を教えてくれる。実力が追いついていなく、望みだけは常に高い位置にある、そんな欲深い己の憧れに思わず口元に自嘲の笑みを浮かばせてしまった。

と、そこで「すぅすぅ……」と、穏やかな寝息が優しく鼓膜に流れ込む。音の方向へと視線を向ければ、桜色の少女がベッドの端に頭を乗せてむにゃむにゃと口元を揺らしていた。

「…………」

微笑《ほほえ》ましいそんな姿に、いけないいけないとエヴァは指先で頬を弾《はじ》く。

彼女の親友にこんな笑みは似合わない、と。

夢に対してどこまでも真《ま》っ直《す》ぐな、掲げた目標に向かってどこまでも愚直な。そんな彼女の親友で在りたいならば、自分が浮かべるべき笑顔はもっと晴れやかであるべきだ。

思いながら、エヴァは愛《いと》おしさで桜色の髪を優しく撫《な》でる。

「……んー……あれ……ここは……？」

「あ、ごめんなさい、ルナちゃん。起こしちゃった？」

目元をくしくしと擦《こす》りながら起き上がった桜色の少女は、ハッと思い出したかのように目を見開いた。

「エヴァちゃん、だいじょうぶ？　どこも痛くない？」

「ええ、大丈夫よ。もしかしてルナちゃん、ずっと傍《そば》にいてくれたの？」

「当たり前だよ！」

にぱっと笑う少女が愛おしくて、ついと手を伸ばし、彼女の手に指先を絡めてしまう。温度と共に伝わる彼女の優しさに今度こそエヴァは偽りのない笑みを浮かばせた。

「エヴァちゃん、あのね、治癒魔術師さんが言うには、怪我は治したけど体内の虚数分子を取り除くにはあと二日くらいかかって、その間は安静にしておいてくださいだって」

「二日……それなら、残りの試験は予備日に受けないと駄目みたいね」

ソラナカルタの定期試験には潤沢な予備日が設けられている。実力主義の校風、実践的な内容の多い魔法試験により、その過程で負傷する生徒の数も多く、完治を見越した上での再試験や追試験をあらゆる科目が認めているわけだ。

「うーん、急に時間が空いちゃったわね。座学の勉強は勿論《もちろん》だけど、ずっとお勉強ばかりだと飽きてきちゃうし……」

「あ、それならね――！」

ルナはごそごそと持ってきたバッグの中を漁《あさ》り、一冊のノートを取り出した。

「じゃじゃーん！　昨日書き上げた新作なんだ。読んで感想とか訊《き》かせてもらえると嬉《うれ》しいかも！」

「あら、わかったわ、ありがとう。じっくり読ませてもらうわね」

微笑みながらノートを受け取ると、ルナは満面の笑みを浮かべながらエヴァの顔を覗《のぞ》き込んだ。その仕草に「あら？」とエヴァも視線をあげる。

「どうしたの、私の顔に何かついてるかしら？」

「ううん、そうじゃなくてね、その物語の主人公はエヴァちゃんがモデルなんだよ！」

「――私がモデル？」

親友の青空色の瞳に見つめられ、エヴァは思わず目を丸くする。

ルナの言葉は真っ直ぐだった。どこまでも純粋だった。

柔らかい笑顔で佇《たたず》む親友の、その瞳の輝きに気後れを浮かばせてしまうほどに。

まるでそれは、自分ですら知らない自分を見通されているかのようで――。

「だってエヴァちゃんも、とっても主人公な魔法使いだもん！」
笑顔と共に放たれた言葉。
穢《けが》れのない信頼を前にして、黒水晶の少女の心に宿るのは驚きの感情のみだった。
――いったい彼女の目には何が見えているのだろうか？
困惑に満ちた視線を彷徨《さまよ》わせながら、浮かぶ疑念が少女の顔を曇らせる。
だって、自分はまだ、その言葉を信じることができるだけ。
自分のことを信じ切れていないから――。

＊＊＊

それは、妖精の国に生きるひとりの少女騎士の物語。

それは突然の災厄であった。
妖精の国を見つけた邪神の眷属《けんぞく》。
彼が悪戯《いたずら》に撒《ま》き散らした呪詛《じゆそ》は妖精たちの霊格に深い呪いを刻ませた。
それは、強力な呪いだった。
癒しの泉も、希少な霊薬も、太陽族の魔法でもその呪いを祓《はら》うことは叶わなかった。
多くの妖精が床に伏せ、やがて訪れる死の予感に怯《おび》える日々を送る中――。

その国でただひとり、人間の少女であった彼女は邪神の眷属を倒すために立ち上がった。

幼い頃に不思議の森で魔物に襲われているところを助けてもらい、そのまま妖精の国に招かれて、彼らとともに成長し立派な妖精騎士となった人間の女の子。

笑って泣いて傷ついて、そうして一緒に大きくなった妖精たち。

そんな彼女たちを今度は自分が助けるんだと、少女は立ち上がったのだ。


冒険があった。

針の森に棲《す》む鋼の大蛇に呑《の》みこまれた。

少女は諦めない。

胃の中での鍛錬で奥義を修得し、鋼の腹を掻《か》っ捌《さば》き、巨大な蛇を倒して見せた。

茜《あかね》色の砂漠を統べる魔女に黄泉《よみ》の国へと墜《お》とされた。

少女は諦めない。

魂を削られる痛みに歯を食い縛りながら、不死の階段を一段一段上り、ついに辿り着いた地上で、彼女の剣は砂漠の魔女を斬り払った。

絵画の国の女王に赤の塗料を求められ、槍《やり》で腹を貫かれた。

少女は諦めない。

傷口を妖精術で焼き塞ぎ、途切れそうな意識を意志のみで現世へと留《とど》め、そんなに欲しけりゃくれてやると、血濡れの剣を平面世界の女王へと突き刺した。

斑色《まだら》の霧が揺蕩《たゆた》う猛毒の庭で――。
炎の肺だけが息のできる灼熱《しやくねつ》の鉱山で――。
肉体の存在が許さない鏡の中の牢獄《ろうごく》で――。
少女は諦めない。少女は諦めない。少女は諦めない。

心に決めた鋼の意志を決して曲げない誇り高き少女だった。
描いた望みを現実のもとへと辿り着かせるため、足を決して止めない少女だった。
彼女は歩む、あらゆる困難のその果てへ。
その騎士の剣はいつだって、大切な妖精たちを守るために――――。

――――。

――。

――。

――――――――ぱたんっ、と。

ノートが閉じられる。
読書の途中で、だが、栞《しおり》を挟むことはなくエヴァはその物語から目を逸《そ》らした。

そこから先を読むことに心が怯えてしまったのだ。

「私がモデルの物語、ね」

ベッドに身を預けている我が身を見て、いま読んだ物語の主人公との差異を実感する。諦めない心も、歩みを止めない足も、いまの自分には決して似合わない。

読む進めるたびに、主人公に心を重ねるたびに、心臓が、意味もなく動悸《どうき》する。

――自分はこんな素敵な物語の主人公には似合わない。

親友の信じてくれた在り方に、否定を叫ぶのは自分自身だった。

再び浮かべた自嘲の笑みと共に、深い溜《た》め息《いき》で肺の空気を入れ替えてから――。

「それでヨヨさんは、いつまでそこでちらちらと様子を見てるんですか？」

「うっ……」

呻《うめ》くような声と共に、フルーツの入った籠を持った青年が病室へと足を踏み入れた。その顔はまるで親に叱られる前の子どものように不安げだ。

「その、エヴァ。体調は大丈夫か？」

「ええ、問題ないですけど……どうしてヨヨさんはそんな生まれたての子犬みたいに怯えているんですか？」

「いや、別に、怯えてるわけじゃねぇけどよ……」

籠を近くの棚に置き、頬をぽりと掻いてから青年は言う。

「俺はあんま口が上手《うま》い方じゃないから……傷ついてる後輩の前でどんな顔をすればいい

かわかんねぇし、何を言えばいいのかもわかんねぇ……」

「…………」

なんだそれ、と。

エヴァは思わず目を見開いて固まってしまった。

ソラナカルタの五年生。世界の常識から逸脱した超常の魔法使いであり、親友に主人公だと信じられているとっても凄《すご》いこの人は――でも、四つも年下の女の子が傷ついているだけでこんな顔をしてしまうのか。

彼の言葉に偽りはきっとなく、いまも目をきょろきょろと泳がしながら必死に言葉を探している。そんな姿が可笑《おか》しくて、エヴァの口元が自然と笑みの形に収まった。

「ふふっ」

「……なんで笑う？」

「いえ、その、ヨヨさんはいつだってヨヨさんなんだなーって」

きっと、もしかしたら、それこそが主人公としての素質なのかもしれない。

とっても凄いのに心の弱虫なこの先輩は、いつだって迷って、いつだって悩んで、答えを見つけるために何度も何度も寄り道して――そうして見つけた自分の答えを決して彼は裏切らない。

憧れる。暗い夜の中でも星を探し続ける、その揺るがない在り方に。

だから――。

「ヨヨさん、私に戦い方を教えてくれませんか？」

「え？」

今度はヨヨが驚きで目を見開く番だった。

「私は強くなりたいです。いまのこの弱っちな私のままじゃ、ルナちゃんの親友を名乗れない。私の夢——誇り高きレ・ノール家の魔術剣士になるために……ヨヨさん、私に魔法使いの『強さ』を教えてください」

あの素敵な親友の隣には、星に手を伸ばす魔法使いでなければ居られない。

そう語る黒水晶の瞳は、どこか焦りにも似た輝きが孕《はら》んでいた。

「エヴァ、お前は——」

その輝きの中にヨヨは見る。

いつかの時間。猛々《たけだけ》しい炎の夢を前に、影を感じていたかつての自分を。

いや、彼女は自分なんかよりずっと立派だ。誰の力を借りるまでもなく、怯えた心で前を向き、自分の夢を語り、そのために努力をすると叫んでいる。

ならヨヨにその願いを無下にする理由はない。否——そんなものは、もともとない。

だって、先輩は後輩を助けるものだから。

「わかった。だけど覚悟しろ、俺の特訓は厳しいぞ？」

少し茶化すように、笑みを作りながら言ってみた。

「望むところです」

対する少女もまた、意欲的な笑みを返しながら首を縦に振る。

彼女が手に持ったままのノートが、窓から吹く風に頁《ページ》を揺らしていた。

＊＊＊

工房迷宮第三層に『愚森《デルン》』と呼ばれる森がある。

階層の南の端に位置しており、他のダンジョンや次の階層への通り道にもならず、特に必要な魔法素材が採れるわけでもないし、珍しい魔法生物がいるわけでもない。

興味本位の物見や特殊な目的でもなければ、とりわけ七年間訪れることがないかもしれないそんな森にふたりの魔法使いの姿があった。

「ヨヨさん、なんかちょっと息苦しくなってきたような……？」

「ああ、『愚森《デルン》』から出る花粉は淀《よど》んだ魔力を見つけると凝固する性質がある。意識的に体内の魔力を循環させておかないとそのうち動けなくなるぞ」

気紛《きまぐ》れな空はどこまでも青く、見渡す光景は本来であれば森林浴に好ましいほど緑の恵みに溢《あふ》れていたが、ここが魔法領域にある森と言うのであれば話は別だ。

エヴァは見つめた手を開いたり閉じたりして、意識的に肉体の動きと魔力の流れを連動させる。さっきよりも呼吸が楽になったような気がした。

「この森は術素が濃すぎるせいでよっぽど変な体質をした魔法生物じゃなきゃ生きていけ

ねぇ。魔力操作の訓練にここほど実践的な場所もないぞ。俺も昔、師匠にさんざん稽古をつけてもらった後、ボロボロの身体《からだ》でここに放置された時は死ぬかと思った」

「ヨヨさんの師匠ですか？」

「ああ、いまの七年生にな。機会があったら紹介するさ」

どんな人だろう、と思う。

こんなに強い先輩にも、その強さを教えてくれた先輩がいるんだなと。

エヴァはなんだか不思議な気持ちでヨヨの言葉を訊《き》いていた。

「さてと、ここらでいいか」

森の中、少しだけ開けた場所でヨヨは止まる。

手頃な樹《き》からボキッと枝を折り、その棒切れに魔力を通して黒水晶の少女へと向けた。

「とりあえず実力を見せて欲しい。好きに打ち込んできていいぞ」

「…………」

ちょっとだけ、ムカっときた。

教えてもらう立場なのはわかっている。相手が格上の上級生なのも認める。

それでも、レ・ノール家の少女に――魔術剣を極めし一族に木の棒一本で相手取ろうとするその態度が、どうも気に食わなかった。

ぎゅっ、と腰に収めた剣の柄《つか》を握る。よく知った感触。重み。

レ・ノールの魔術剣は長年の研究により、レ・ノールの魔法使いに最も適した形に調整された、専用の工房の手造り《ハンドメイド》だ。素材の選び方ひとつを取ってもたくさんの職人が議論をぶつけた後にて決められる。幼き頃に訪れた工房では、気の良い職人さんたちが汗まみれになりながら槌《つち》を振り下ろす姿を何度もこの目で見てきた。

だから、なんと言うか、あの人たちの汗や努力を馬鹿にされたような気がして、ちょっとだけムカっときた。ムカっときたから、痛い目を見てもらうことにする。

「後悔しても知りませんよ」

「いいからこい。後悔ならその後に必要だったらする」

エヴァが魔力を熾《おこ》す。

レ・ノールの魔術剣が鼓動するかのように脈動し、淡い光が溢れ出す。

ヨヨの腕前がどれほどのものかは知らないが、これまでの戦闘の記録から剣術に秀でているわけではないと予想できた。となれば魔法戦闘の全てを魔術剣に費やしてきた自分の剣技が木の棒を使ったチャンバラ遊びに敗《ま》けるわけがない。あってはならない。

動きを見る。木の棒の動きに目を凝らす。

ヨヨが息を吐き、吸い始めた――その瞬間、エヴァは地を蹴った。

十歩はあった距離を秒にも満たない時間で使い切り、その踏み込みの鋭さで土砂が舞う。肉体の意識の合間を狙った不意打ちにも近い急襲。かつて家庭教師に教わった対人戦における最速の決着剣術。

剣を振り下ろす。上から下へと向けた、何の捻《ひね》りもない攻撃。木の棒を構えたままのヨヨは反応すらできていない。その体勢、その間合いでは、回避、迎撃、その全てが追いつかないはずだ。

勝った。

……勝った？　こんな簡単に？

他愛のない勝利の予感に、少しだけ呆《あき》れた気持ちを浮かばせて――。


――視界が回る。


「――え？」

青い空が見えた。

足が地に着いていない不安。不気味な浮遊感。刹那に詰め込まれた違和感が、次の瞬間には背中を打つ強烈な衝撃と共に吐き出される。

「かはっ!?」

仰向《あおむ》けに地面に叩《たた》きつけられ、肺の中の空気が暴れた。

痛みがくる。だが、それよりも、何が起きたのかと言う疑問の方が強かった。

「足元がお粗末だぞ、エヴァ」

見上げた視界にひょっこりと黒髪の青年の顔が映り込んだ。

「……いまのは、えっと、特殊な魔法か何かですか？」

「いや、ただの足払いだ」

足払い。

足で相手の足を払う技。

単純で簡単な、相手の姿勢を崩す基本的な技術。背中から無様に倒れた自分の有り様を見てみれば、見事なまでに技の成功が示されている。

いや、しかし、でも——あれ？

「私の剣術の実力を見てくれるんじゃないんですか？」

「んなこと言っちゃいねぇぞ？」

「え、でも木の棒を構えて……？」

確かにそんなこと口にはしていないし解釈を先走ったのも自分だ。しかし、ああも見せつけるように木の棒を構えられれば剣の打ち合いを予想するのは仕方がないだろう。

仰向けのまま混乱するエヴァに、ヨヨはその顔を覗《のぞ》き込みながら指摘する。

「俺が木の棒を構えて、お前は怒っただろ？」

「え……？」

「まあ、怒ったまではいかなくとも少しだけ苛《いら》つきはしたはずだ」

ヨヨの言葉にエヴァは先ほどまでの思考を振り返る。

その通りだ。確かに自分はイラッとした。間違いなくイラッとした。

「当然だ。魔術剣に誇りを持った一族に木の棒で相手取ると宣《のたま》った。誇りってのは心を守る意志の鎧《よろい》——そいつに傷を付けられて、何も心が揺らがないはずがねぇ」

ぽいっと、手に持った木の棒をそこらに捨てながらヨヨが続ける。

「怒りは視野を狭くする。思考の方向性を単純化させる。お前は俺が木の棒で魔術剣を迎え撃つと思い込んだ。だから足元の体術に気をやらなかった。とめもしなかった」

「…………」

落とされる言葉たちに次々と驚きが重ねられる。

絶対的な技術なんかではない。五年生だから使える不思議な魔法なんかではない。人の感情を転がしただけの、誰にだって出来る人間の業がそこにはあった。

「お前の弱点は素直過ぎるところだな。その心自体は好ましいが、少なくとも魔法戦闘に限ればそいつはとんでもねぇ隙になる。——エヴァ、ここ、殴ってみろ」

「……殴る、ですか？」

仰向けのままの自分に、ヨヨが広げた手を寄せてきた。

少しだけ魔力を熾し、えいやっと伸ばした腕でヨヨの手を打ち付ける。

瞬間、物理が狂った。

「——はい？」

惚《ほう》けたような疑問の声は、無意識に漏れ出たものだった。

ヨヨの手に拳が届いた瞬間にエヴァの身体が勝手に捻《ねじ》れ、足裏の力だけで地面を蹴り付ける。身体が勝手に空中を回り、予備動作を一切挟まずに突然の宙返りで立ち上がった。

驚愕《きょうがく》すべきは、これらの全てがエヴァの意志の埒外《らちがい》にて行われたことである。

「えっ……えっ……？」

「魔力が素直過ぎる」

黒水晶の瞳に混乱を宿した少女へ、ヨヨが答えを口にする。

「身体強化に魔力を使えば、脳から発した命令は当然魔力越しに肉体へと届けられる。だから外側からお前の魔力を弄《いじ》って肉体への命令を塗り替えさせてもらった。魔法戦闘に慣れたやつはそんな勝手が許されないように魔力に癖をつけたりするもんだ」

「な、なんですか、それ……っ」

いったいどのレベルでの話だと、戦慄が少女の身体を駆け巡る。

そんな驚きすらも置き去りにして、ヨヨはうんうんと数度の頷《うなず》きを見せた。

「いや、しかし、魔力のノリは流石《さすが》だな。剣への練り込みも滑らかだし、何より思い切りがいい。駆け引きの必要な対人戦ならまだしも、単純な力比べなら四層くらいまでの魔法生物じゃ相手になんねぇだろう」

言いながら、ヨヨは腰を落として徒手空拳の構えをとる。

「大丈夫だ。安心しろ。強くなれるだけの素質がお前にはある。それに心にゃ強くなるだけの理由もあるんだろ？」

こくこくと、エヴァは思わず二度頷いた。

ヨヨは微笑《ほほえ》みながら拳を構えて——。

「なら俺はそれを後押しするだけだ。お前が自分の強さに満足できるようになるまで、何度だって殴ってやるよ」

「……それ、女の子への誘い文句にしては浪漫《ロマン》が足りないんじゃないですか？」

「悪いな。口下手なのは承知の上だ」

「……ならいつか女の子のエスコートの仕方を、今度は私が教えてあげますね」

軽口を交えながらエヴァは確信する。

この先輩についていけば、少なくともいまの自分よりも魔法使いの高みに行ける。

そんな予感に心を昂《たかぶ》らせながら気合を入れていると――。

「……ん？」

ヨヨが、何かに気付いたような声を出した。

「どうしたんですか？」

「……『愚森《デルン》』の樹々《きぎ》には不思議な性質があってだな、接触した動物や物の魔力を吸い出す習性があるんだ。この森に魔法道具を置きっぱなしにしたら、一晩でその魔法的な性質が消えちまうなんてこともある」

「なる、ほど……？」

いったい何の話だろう、とエヴァが首を傾《かし》げる。

そんな少女の手元に目をやってから、不安そうな声でヨヨが言った。

「お前の魔術剣、どこいった？」

「へ？」

間抜けな声が漏れた。

焦ったように手を眺めて、そこにない重みに目を見開く。記憶を遡り、魔術剣消失の描写を脳内で再生した。確か……そう、最初の突撃で足払いをされたときに、その衝撃で手から離れていったはずだ。

急いできょろきょろ首を回せば、『愚森《デルン》』の樹に突き刺さり、悲鳴をあげるように輝きを明滅させる魔術剣の姿がそこにはあった。

「私の魔術剣――――っ!?」

大切な相棒のあられもない姿に、エヴァが目を剝《む》いて駆け出した。

急いで樹から引き抜くと、いつもならば美しい黒色の剣身に傷のような鈍色《にびいろ》の痣《あざ》が散らばっている。どこか不満げに輝く魔術剣を、エヴァはごめんねごめんねと口にしながら本来の輝きが戻るまで何度も何度も磨き続けたとか。

＊＊＊

そして、エヴァの修行は正午を迎えて舞台を変えた。

工房迷宮第三層には、魔法使いたちの街がある。

始まりは迷宮の長期探索を望んだ生徒たちの野営地《ベースキャンプ》であったとか。

時として日を跨《また》ぐこともある迷宮探索において、計画的な休息は必須の項目として挙げられよう。そのため、かつてのソラナカルタの生徒たちは必要に応じて結界魔法を張り、魔法生物の侵入を防いだ野営地《ベースキャンプ》を作って即席の休息所としていた。

しかし、結界魔法を扱える魔法使いはソラナカルタといえど数少なく、そんな彼らを酷使することが前提の探索には目に見えた限界が存在した。だからこそ、効率を求める魔法使いたちはこう思ったらしい。

迷宮内に休息の取れる拠点があれば良いのではないか、と。

かつての生徒会が主導となって進められた計画は、多くの生徒たちの協力によって現実のものとなる。

地脈術に長《た》けた生徒たちが適した場所を見繕い、法術を得手とする生徒たちが半永久的に続く結界魔法で大地を取り囲む。魔導によって区切られた領域には魔導建築者《ダンジョンメイカー》たちによって多くの建築が建てられ、探索者たちを応援するために支援者《サポーター》を名乗る魔法使いたちが商店や宿屋を開いた。

迷宮街アルメナトゥーリ。

第三層の西部に栄えた、魔法使いによる、魔法使いのための街。

時間を重ねて踏み固められた石廊があちこちに枝分かれし、落ち着いた火灰石《ハイシュストーン》が街並みを赤茶色に染めている。歴史を感じさせる天幕があちこちに巣を張っており、その下では魔法薬や錬金素材を売り払うたくさんの生徒たちが声を上げていた。

騎牛によって引きずられた台車には白目を剝いた『闇喰馬《カルアホーン》』が乗せられており、自慢げな顔をした探索者と共に槌《つち》の音が鳴る武器工房へと消えていく。

巡回をする丸っこい魔導兵《ゴーレム》は問題を起こした魔法使いに制裁を加える街の守護者であるのだが、何もなければ愛想の良いアルメナトゥーリの愛玩像《マスコット》だ。大通りでは、道を譲った生徒に会釈をしてからせっせと石材を運ぶ一体が見て取れた。


さて。

そんな魔法使いたちの街にやってきたヨヨとエヴァはとある店の前に来ていた。

「魔法使いの強さってのにはその根底に『考える力』ってのがある。周囲を観察し、必要な情報を精査して、その上で行動を決断する。ここまでの過程をいかに素早くできるかで魔法使いの強さは決まる。少なくとも俺はそう思っている」

「はあ……」

ヨヨの考えに対して、エヴァがどこか気の抜けたような相槌《あいづち》を打った。

別にその価値観に疑問があるわけではなく、寧《むし》ろ考え方的には全面的に同意である。戦いの中には無数の選択肢が存在し、それらをひとつひとつ選ぶことで行動が決まっていく。無限とも取れる選択の中で最適解を選び続けるのは容易ではなく、だからこそ、それが素早くできる魔法使いを『強い』と呼ぶことに躊躇《ためら》いはない。

ならば何故《なぜ》エヴァはこんなにも微妙な雰囲気に表情を歪《ゆが》ましているのか？

「これは実際に俺も師匠にやらされた訓練のひとつでな、考える力を実践的に鍛えることができる。目まぐるしく変わる状況に常に気を配って、情報を検索し、必要性を模索し、最適解を思考し、行動を連想させる。これらのプロセスを何度も繰り返すことで考えることを無意識下でもやれるように血肉に溶け込ませる。そのための特訓だ」

「……まあ、言いたいことはわかりますし、これからやることに予想もつきます。ええ、考える力が必要というのも本当なのでしょう。……それらを踏まえた上で質問をひとつよろしいでしょうか？」

「……訊《き》こう」

「──『これ』はヨヨさんの趣味ですか？」

「…………」

エヴァは、じと～～～とでも擬音が付きそうな瞳でヨヨを射抜きながら、スカートの裾を摘《つま》み上げてそう問いた。

彼女の語る代名詞の正体はエヴァの着飾った衣装こそがそれに当たる。

ふりふりと揺れるのはたくさんのフリルを充てがわれたスカート。黒と白で重ねられたクラシカルな柔布は可愛《かわい》さと共に清楚《せいそ》さを主張する。組み上げられた愛《いと》おしさを結い止めるように襟元には赤色の飾りリボン。黒水晶の髪に乗せられたのはこれまたフリルを充てがわられたホワイトプリム。

直球でその装いに名称を授けるなら、間違いなく『メイド服』である。

使用人の衣装にしては実に不可解に可愛さにステータスを振っており、こんな少女が屋敷に仕えていたのだとしたら主人は視線を追うことに夢中になってしまうだろう。

ヨヨたちが居るのは魔法喫茶『秘密の乙女園《スクレット・ガーデン》』の店前だ。

メイド服で着飾った魔法少女たちに給仕をしてもらう、ある一定の需要に応えるため開かれた魔法の喫茶店。どうやらヨヨは、このお店で働くことこそが考える力の育成に繋《つな》がると思っているらしい。

「…………」

エヴァは改めて、自分の衣装を見直した。

似合っている、とは思う。

何より可愛い。可愛い洋服を着るのは楽しいし嬉《うれ》しい。もし桜色の親友がお揃《そろ》いの服を着てくれたりしたら理性を保てる自信がない。想像だけで白米《ルイス》が三杯はいける。

だがこの服を強要したのがヨヨだというのならば、素直な気持ちで受け取ることなどできやしない。青年を睨《にら》む黒水晶の瞳に胡乱《うろん》な光が宿るのも仕方がないことだろう。

「……ヨヨ被告人。どんな罪がお望みですか？」

「まて、言い訳させろ。裁判は被告の言葉を尊重してこそだぞ」

「不可です。被告人はただ首振り人形にように問われた罪を認めればいいのです」

「どんな魔女裁判だそれ。弁護人、俺の弁護人《ゴーレム》はどこだ……？」

首をきょろきょろ回すと石材を運んでいた魔導兵と目が合い、ぺこりと一礼された。違う、お前じゃない。逆方向へと首を回せば、今度こそヨヨの弁護を担うエプロンドレスの魔女の笑顔がそこにはあった。

「はーい、ヨヨくんの弁護人のシスタス・アル・エウネです！」

にこにこしながら手を挙げる五年生は突発的な茶番に実に協力的だった。

「シスタス弁護人。被告人からはどのような要望を受けたのですか？」

「はい、エヴァ裁判長。えっと、ヨヨくんからは、エヴァちゃんを私の店で働かせてくれないかって希望を受けました。私はその要望に応えただけです！」

「有罪」

「おい、弁護する気ゼロじゃねえか。確かにエヴァをお前の店で働かせてくれないかって頼みはしたが、俺がお願いしたのは『星集めの市場街《ステラマーケット》』にある普通の喫茶店だぞ。どうしてアルメナトゥーリの魔法喫茶で働くことになってんだ？」

役立たずの弁護人に代わって顛末《てんまつ》を説明するヨヨであったが、返されたのは『金貨狂いの魔女《アルドニア・ウィッチ》』によるご機嫌な演説であった。

「ふふふっ、ヨヨくん、甘い、まったくもって甘いわねっ！　このシスタスが落ちている金貨をみすみす見逃すわけないじゃない！」

「というと？」

「エヴァちゃんは原石よ。まずは言うまでもなく素敵な容姿と可愛らしさ。お淑《しと》やかでありながら茶目っ気もあって、ついでに冷たい態度も取れるわね？　あとこれは予想だけど、ちょっと暴走するような一面もあるでしょう？　そういうギャップはね、女の子に夢を見ている男の子からたくさんのお金を搾り取れるの！」

「いい笑顔で何言ってんだ、お前」

快晴の笑顔を振りまくエプロンドレスの魔女、その周りには羽の生えた金貨の姿が見て取れた。

「可愛さとは財産よ。その事実だけで需要を生み出せるとっても効率的な商品なの！」

「たぶんだけど、そんな満面の笑みで言う台詞《せりふ》じゃねぇぞ？」

「ヨヨくんも、いまのエヴァちゃんを可愛いって思うわよね？」

「まぁ、そりゃ……」

ヨヨはちらっと使用人姿の黒水晶の少女へと目をやって。

「可愛いとは、思うけどよ……」

「――っ」

照れながら口にするヨヨの言葉にエヴァは、ほう、と意外そうに口元を緩めた。ふーん、そうかそうか。この姿をヨヨさんは可愛いって思ってくれるのか。いや別に全然なんとも思わないけど？　嬉しくなんかないけど？

「いや、でも、こんな格好で働くなんてエヴァも嫌だろ？　シスタス、お願いしてる立場なのはわかってるけどよ、どうか普通の喫茶店のほうで――」

「いいですよ、別に。ここで働いても」

「ほら、エヴァもこう言って……………え、いいの？」

素っ気なく放たれたエヴァの言葉にヨヨが意外そうな顔で振り返った。

「お店で働くことが修行になるのなら、この魔法喫茶でも構わないんですよね？　それならここでいいですよ。この衣装も可愛くて気に入りましたし」

エヴァは上機嫌にスカートの裾を摘み上げてからくるりと横に回転した。まるでふわりと花弁を広げた白黒花《ノートン・フラワー》。幼子のような無邪気さで笑う少女の心変わりを疑問に思いながらも、本人が納得しているのならいいかとヨヨは意識を切り替えた。

「なら、エヴァ。今回の修行の目的は何度も言ってるが考える力を育てることだ。常に周りを意識して、最適な行動を探し続けろ。慣れねぇことで大変だと思うが頑張れよ。具体的な仕事内容はシスタスに訊いてくれ」

「わかりました」

そう言う彼女の顔には自信が見え隠れしていた。

給仕の経験などないが、レ・ノール家は中々に大きい家であり、幼き頃から屋敷で働くメイドたちの姿を見てきた。非魔法人《コモンズ》であった彼女たちにできたのだから、魔法使いであり魔術剣士として身体能力にも自信のある自分にできないはずがない。

黒水晶の新人メイドは胸をやや張るような仕草と共に頷《うなず》いた。

「それじゃ、俺はしばらくしたら戻ってくる。アルメナトゥーリにはいるから用があったら探してくれ」

そう言って雑踏の中に紛れそうになったヨヨの襟元を、エプロンドレスの魔女の手がグイッと摑《つか》む。

「ちょっとまって、ヨヨくん」

「ぐえっ……なんだ、シスタス。俺になんか用か？」

「まだ、ヨヨくんの要望を訊き入れた報酬を貰《もら》ってないわよ？」

「あー」

そういやそうだったと、ヨヨは頭を掻《か》く。

このお金が大好きな友人が無償でこちらの頼みを訊いてくれるとは思わない。ある程度の要求がくることはヨヨの予想の範疇《はんちゅう》だ。

「いくらだ？」

「お金は大丈夫よ。エヴァちゃんが働いてくれるのはわたしの店の利益にもなるからね。ヨヨくんに協力してもらいたいのは話題作り！」

「……？」

「つまり、こういうことよ！」

晴れやかな笑みのままにシスタスが取り出したのは一着の執事服。

それを目にしたヨヨが「まさか……」と冷や汗を垂らした。

抱いた懸念は残念ながら外れることはなく、予想もしていなかった要求にヨヨはどこか諦めたような笑みを浮かべた。ついでに言うと、シスタスの要望に応え、とある衣装に着替えたヨヨを見て黒水晶の少女が密《ひそ》かに頬を染めたとか。

＊＊＊

そして、天使鐘《エンダーベル》の音と共に秘密の園の扉が開かれた。

その魔法喫茶に初めて足を踏み入れた客たちは皆、同じ感想を心に抱くと言う。

――はて、いったい自分はいつ死んでしまったのだろうか？

突拍子もない記憶の欠如は、目の前の光景への理由を無理やりに捻出したことで浮かばれる。そうでもなければ説明がつかない。だって――生きていては天使たちの箱庭に足を踏み入れることなどできないではないか。

「「「おかえりなさいませ、ご主人さま」」」

迎えられるメイド天使たちの蜜声に脳をとろかせながら、客たちは茫然《ぼうぜん》と店内を見渡す。

地上に並べられた可愛らしいテーブルと椅子には不可思議など見当たらないが、同様の光景が上下を逆にした天井にまで広がっているとすれば話は別だ。いままさにメイドの案内によって魔法陣に乗ったひとりの客、その身体《からだ》がふわりと浮かび、天と地を入れ替えた天井席へと収まった。

宙を泳ぐ水差しを手に取ったメイドのひとりがグラスを水で満たし、メニューと笑顔を添えながら席に着いたばかりの客へと差し出す。その時にはもう木目の美しいローブ掛けが席の傍《そば》へと移動しており、預かった衣服を器用に肩へとかけてから一礼していた。

地上と天井の間にある空中厨房《ちゅうぼう》では、献身的な食材たちが我先にとまな板に身を寄せて、容赦のない包丁の餌食となっている。切り刻まれた食材たちはフライパンやら鍋やらと、各々の着飾り場へと泳いでいき、その姿を美味《おい》しさの具現へと変貌させていた。

地上に天井にと落ちていく料理はメイドたちの手に構えられた空き皿へと見事に着地し、再びの笑顔と共に客の元へと運ばれていく。

『秘密の乙女園《スクレット・ガーデン》』――そこは、メイドたちによって飾られた魔法に満ちた喫茶店。ソラナカルタ五年生シスタス・アル・エウネの経営するアルメナトゥーリ屈指の人気店である。

女の子に夢を見た男子生徒たちは、魔法使いでありながら乙女な魔法に惑わされ、気付けば財布から金貨がゴッソリ消えている。なんということだ、まるで魔法ではないかと嘯《うそぶ》くように笑いながら。

そんな彼らも寮に戻る頃には我に返り、軽くなった財布にさめざめと涙を流す。後に残るのはシスタスのしめしめとした笑顔のみと言うのだから救えない。

エプロンドレスの魔女によって整えられた、メイド乙女たちの秘密の園。

夢と幻想と、魔女の思惑によって組み立てられた魔法の喫茶店。

そんな場所にて、いま――。


どんがらがっしゃ～～～～～ん!!　と。

優美たるメイドたちの園にはなんとも似つかわしくない騒音が響き渡った。

「おい！　またあのメイドさんが皿を割ったぞ!!」

「これで何枚目だ？　そろそろ三桁に届くんじゃないか？」

「エヴァちゃ〜ん、大丈夫〜？　怪我《けが》しなかった〜？」

「………………」

男子生徒たちの好奇の視線と、先輩メイドたちの気遣いの視線。

そんなふたつの視線に晒《さら》された新人メイド、エヴァリーナ・レ・ノールはぺたりと床に座り込んでいた。その足元には先ほどまで両手で運んでいた皿たちの無残な姿と、中身を盛大にブチまけたオムライス。極め付けは彼女の黒水晶の髪をびっちょりと濡《ぬ》らしている、逆さまに乗っかった水差しだ。

「………………」

必死に無表情を貫こうとしている黒水晶のメイドだが、浴びせられる視線、自身の滑稽な有り様に羞恥で顔を真っ赤にしながらぷるぷると身体を震わせている。

——おかしい、こんなはずではなかったのに！

想像とだいぶかけ離れた現実に、エヴァは心の中で盛大に悲鳴を上げた。

そんな無様を嘲笑《あざわら》うかのように古風な置き時計がボーンボーンと音を鳴らす。キッとそちらを睨みつけても、置き時計は不思議そうにカッコカッコと振り子を揺らすのみだ。

「おい、シスタス。大丈夫なのか？」

メイドたちが皿の破片やオムライスの残骸を魔法で処理するのを眺めながら、店の一角に控えていたヨヨはシスタスに問いかける。

「エヴァちゃんのこと？　あれくらいの失敗なら予想のうちよ。魔法喫茶の接客は慣れていないととっても大変だから」

「いやまぁ、それもそうだが、ここの皿とか料理ってぜんぶ魔法仕掛けだろ？　あんなにどんどん台無しにして割と痛手なんじゃないか？　弁償が必要だったら俺が出すが……」

「それなら大丈夫よ」

シスタスは微笑《ほほえ》みながらひとつのテーブルを指さした。

床に座り込んだ黒水晶のメイドに視線を向けた客たちは衝撃的な表情のまま。

「ドジっ娘《こ》メイド……だと……？」

「ああ、見ろよあのコケっぷり。それにあの悔しそうな顔。完全に俺たちのツボを突いてきやがる」

「くそっ、昨日バイト代が入ったばかりなのに！　持ってけ、このやろう！」

テーブルの男子生徒たちはエヴァを指名しながら次々に料理を注文していく。そんな姿にエプロンドレスの魔女はほくほく顔だ。

「ほら、結果的にエヴァちゃんは利益の方が大きいわよ！」

「大丈夫か、この学校……」

確かソラナカルタは世界最高峰の魔法使い育成機関であったはずだが。

合格倍率が四桁ともなる試験を乗り越えたあの客たちもさっと優秀な魔法使いなのだろうが、そんな彼らのいまの姿を見たら、不合格となった者たちはどんな顔を浮かべるだろうか。

「ヨヨくん、あなたも喋《しゃべ》ってないで動かないと。ほら、お客さんが来たわよ」

「お、おう」

ひとまず納得いかない感情を意識の外へと蹴り飛ばして、ベルの音が来店を知らせてくれた扉の前――秘密の園を不思議そうに眺める三人の女子生徒の元へ向かった。

歩きながらヨヨは徐々に心のスイッチを切り替える。

自他共に認める彼の印象としては、威厳はなく、覇気がなく、プライドもなく、守らなければいけない立場なんてものもない。偏《ひとえ》にそれは、取り繕うべき在り方なんてものがないことを指し、求められた役割を全うすることに躊躇《ちゅうちょ》がないという結論に繋《つな》がる。

つまり。

「ようこそおいでくださいました、お嬢様方。三名でよろしいですか？」

普段の飄々《ひょうひょう》とした雰囲気を捨て、優雅に口元を歪《ゆが》ませながら偽りの仮面を被《かぶ》ったヨヨは落ち着いた声で女子生徒たちを迎え入れる。極上の猫っかぶりはだらしない青年を、さる貴族令嬢へと仕えるやり手の執事へと変身させた。

「ふぇっ、はっ、はいっ！」

「ほ、ほんとにあの『流星』が執事をやってるんだ……」

焦り交じりの肯定を返す女子生徒たちの、その瞳が驚きで染め上げられる。

ソラナカルタ五年生、ヨヨ・クロード。

天文学《アストノミア》の分野において、宇宙領域に初めて魔術基文を見出《みいだ》した星詠みの魔法使い。

魔法研究のみならず迷宮探索でも数多くの成果を持ち帰ることに成功した実力者であり、その功績で幾度も学校新聞を賑《にぎ》やかした噂人《うわさ》。そんな彼が魔法喫茶にて執事の真似事《まねごと》をしているなど、実際にこの眼《め》で見なければ信じられなかっただろう。

「ご案内いたします、こちらへどうぞ」

そんな彼女たちの驚きも露知らず、ヨヨは少女たちを紳士的にエスコートする。自然な流れで荷物やローブを預かり、流れるようにラックに預けていく様はその道のプロフェッショナルから見ても見事の一言だろう。

「あっ！」「きゃっ!?」

と、そこでヨヨたちの近くにて、皿を運んでいたメイドと余所見《よそみ》をしていた客のひとりがすれ違いざまにぶつかった。メイドの持っていた食器群が盛大に宙へとぶちまけられ、先ほどの黒水晶のメイドと同じ惨状を多くの者が予感する。

途端、黒い疾風が駆け抜けた。

倒れかけたメイドを片腕で抱きとめながら、ヨヨは余った腕で落ちてくる食器群を受け止め、積み木のように重ねていく。熟練のウェイターの如《ごと》く指の合間で幾つもの食器の塔を建設したヨヨは、最後に抱きとめたままのメイドへにっこりと微笑んで見せた。

「お怪我はありませんか、レディ？」

「は、はっ、はい！　ありがとうございます！」

メイドは興奮気味に礼を言いながら、ぽっと頬を染める。先ほどまでヨヨがエスコートしていた女子生徒たちが驚きの表情から一転、うっとりと顔をとろけさせながら姦《かしま》しい声を上げた。その視線は見紛《みまが》うことなくヨヨの執事姿を熱っぽく見つめている。

ぶつかった客がメイドに謝罪するのを見送ってから、ヨヨは女子生徒たちの案内を再開する。そんな彼の背中を追う少女たちはきゃっきゃと弾むような声を上げていた。

そして。


「…………………………何あれ」


ようやく乾きかけた髪を手櫛《てぐし》で梳《す》いていた黒水晶のメイドは、普段のだらしない雰囲気からかけ離れたエセ紳士の姿を冷めた瞳で眺めていた。

なんだあの詐欺師めいた笑顔は！

なんだあの胡散臭《うさんくさ》い言葉回しは！

「エヴァちゃん、そろそろ髪は乾いたかしら？」

「あ、シスタス先輩、ちょうどいいところに。あのエセ紳士に賄いとして『毒沼蛙《フロッグラッグ》の姿煮』をあげてください」

「そんなメニュー、うちにはないわよ？」

ファンシーに真っ向から喧嘩《けんか》を売った新人メイドの要求は魔女のにこにこ笑顔によって却下された。ちっ、と小さな舌打ち音。

「シスタス先輩、もしかしてヨヨさんって意外と人気者だったりしますか？」

「有名なことには違いないわね。『流星』の二つ名はエヴァちゃんも知ってるでしょ？」

「それは、まあ……」

二つ名自体はソラナカルタに来る前から知っていたが、その正体がヨヨだと知ったのはつい最近だ。『流星』の名に示された偉大な肩書きが彼の持つ飄々とした雰囲気とどうにも結びつかず、初めてその事実を知ったときは驚きで言葉を失ったものである。

自分の知っているヨヨ・クロードという青年は、覇気がなくて、威厳を忘れていて、やる気がないようで、どことなく謎めいていて、でも本当は優しくて、誰よりも傷つきやすくて、それでも必死に立ち上がって、何かのために頑張って、そんな姿がかっこいいナーとかちょっと思っちゃったりして、気付けば目で追うようになっていて――。

――ちょっとまて、なんか思考が変な方向に飛んだ。

エヴァはぶんぶんと頭を振って、雑念めいた妄想を振り払う。

少女の謎思考はさておいて、シスタスはにこやかに言葉を続けた。

「それにヨヨくんは周りがよく見えているから。ちょっとした気遣いに女の子はきゅんってきちゃうものなのよ。エヴァちゃんも心当たりはないかしら？」

「ちょっとした気遣いですか……」

シスタスの言葉を意識しながら、接客を続けるヨヨの姿を眺めてみる。

グラスの中身が少なくなれば水を注ぎ、小腹が空《す》いたと呟《つぶや》くのを訊《き》けばさり気なくメニューを用意。前が見えないほどに積み上げた皿を運ぶ同僚メイド、その進行上に荷物でもあろうものなら自然な流れで回収する。喫茶店全体を俯瞰《ふかん》し、時に会計、時に接客、時に皿洗い、逼迫《ひっぱく》している現場を瞬時に判断し、行動へと移す様は見事の一言だ。

悔しいがいまの自分ではあれだけの動きはできないと、エヴァは素直にヨヨの有能さを認める。認めざるを得ない。

「どうすれば、あんな動きができるんですか？」

「ヨヨくんが言っていたじゃない。とにかく考えることだって。周りをよく見て、行動の優先順位を素早く決めて身体《からだ》を動かす。単純なことかもしれないけどとっても大事で大変なことよ？　魔法戦闘にも役に立つくらいにね」

「………………」

エプロンドレスの魔女の言葉に、エヴァは思い出す。

これは特訓だ。ヨヨの考えてくれた修行のひとつだ。

非魔法人《コモンズ》にもできたのだから自分には余裕だと、いったいどの口が嘯いた。

エヴァはかつてお世話になったメイドたちに心の中で謝罪をし、この修行の場を整えてくれたヨヨにもそっと頭を下げる。切り替えよう。頑張ろう。これは魔法使いの戦いだ。全力で挑まなければ、魔導に堕《お》ちるのは自分の方だ。

「どうするエヴァちゃん？　ずっと働き詰めだしちょっと裏で休んできても――」

「いえ、もう少しだけ頑張ります。これは、私の修行ですから」

ぱんっと、両手で頬を叩《たた》いてから新人メイドは戦場へと駆け出した。

エプロンドレスの魔女はそんな黒水晶の背中をどこか愛《いと》おしそうに見送る。

気遣いを意識したエヴァは周りをよく見ようときょろきょろと首を回し――そして、前方不注意となった彼女は前から来る先輩メイドと盛大にぶつかって――。

今日、十度目となる盛大な陶器音が、乙女の園へと響いたのであった。

＊＊＊

エヴァの修行はしばらく続いた。

学校が終わればすぐに迷宮へと潜り、『愚森《デルン》』にてヨヨの戦闘指南。

それが一息つけば『秘密の乙女園《スクレット・ガーデン》』でアルバイト。

肉体の疲労も勿論《もちろん》だが、エヴァにとっては頭の疲れの方が酷《ひど》いものだった。日常生活から周りをよく見るクセをつけるようヨヨに言われ、常日頃から起こりうる出来事を想像し、行動の優先順位をつけることを日常化する。

脳に休む暇はなく、修行が終わり部屋に戻れば、泥のようにベッドに沈む。それこそ、大好きなルームメイトのお菓子の誘いを断ってしまうくらいには。

しかし魔法使いは順応する生き物であり、そんな慌ただしい毎日も日常化してしまえば「ヤバイ、このままだと死ぬ」くらいの大変さが「あー疲れた。甘いもの食べたい」くらいの大変さへと変わっていった。

そしてこれは、とある日の『愚森《デルン》』での一場面。

「――はっ!!」

気合と共に横に薙《な》がれる魔術剣。

相対する先輩の脇下から逆の肩を通り、肋骨《ろっこつ》を断ち切って血潮が飛ぶ。手に覚えた実感はそうであったが、目に映る光景はエヴァの予想を容易に裏切った。

斬り捨てたはずのヨヨの身体が陽炎《かげろう》のように揺らめき、虚空へと溶けていく。

エヴァは一瞬だけ目を見開いたが、すぐに剣を構え直した。

驚くべきことではあるが驚く素振りを取りはしない。そんな行動、想像でき得る対処の優先順位、その候補にすら上がらない。

目を細め、呼吸は深く、意識を張りながら剣を構える。視野は広く、思考は淀《よど》みなく、凪《な》いだ湖のように心の熱を整える。

そして視界の端、僅かに舞い上がった土煙を見た瞬間、少女の身体は自然と動いていた。

――ギンッッ!! と。

エヴァが背中に回した魔術剣が、ヨヨの振るった訓練用の模造剣を受け止める。

「……やるな」

止められると思っていなかったのか、ヨヨの身体が剣を振り抜いた状態で止まっていた。

これを好機と見たエヴァがすぐさま振り返り、その勢いのまま魔術剣を振り下ろす。

「――だが、まだ甘い」

静止の状態から更に一歩踏み込んだヨヨが、剣を振り下ろすエヴァの手首を摑《つか》み、ぐるりと捻《ひね》る。少女の身体が半回転。黒水晶の髪が弧を描きながら縦に回る。

もはや訓練初日からの日課と言ってもいいくらいに、エヴァが地面へと倒された。

「～～～～っ」

少女の顔が苦悶《くもん》へと歪む。ただ投げ飛ばされたのではなく、エヴァの突撃の勢いを利用した合気術だ。その衝撃にはヨヨとエヴァのふたり分の体重が乗せられている。

痛い。めちゃくちゃ痛い。

涙目で悶《もだ》える少女に向かって、気遣うような声音でヨヨは尋ねる。

「ちょっと休憩するか？」

「まだまだです！」

痛みを訴える身体に無理やり命令を送り、立ち上がる。

修行は続く。

＊＊＊

そして、また。

気持ちよく土の上にぶっ倒れたままのエヴァが、荒い呼吸で酸素を求めている。

綺麗《きれい》な顔を汗まみれの土まみれにさせながら、全てを投げ出すかのように腕も足も広げて空を見上げていた。

そんなエヴァの姿を眺めながら、ヨヨは小さな声で呟く。

「……凄《すご》いなぁ、俺の後輩は」

常に全力な彼女の頑張りに敬意を込めて口にした。

ヨヨの修行は残念ながら地味だ。名前の付いた奥義が使えるようになるわけでもないし、目に見えて強さが実感できることもほとんどない。全ての魔法戦闘の基盤となる魔力操作と、基本ベースとなる呼吸の使い方や思考の巡らせ方。剣術に関しては専門外なので、筋肉の使い方を学ぶ意味で魔法武術カラキミ流の基礎の型のみを教えている。

効果の実感の少ない地味な特訓は意欲の継続が困難であり、少しくらいサボりの気を漏らしてしまうことくらいあるだろう。実際にヨヨも自分が師匠に似たような修行をさせられたときは、常にどう楽しようか考えていたものだ。……まあ、だいたいはそんな思惑を師匠に看破され、恐ろしいシゴキに涙するハメになるのだが。

エヴァは妥協しない。

課された修行の意味に悩み、強くなるための理屈を探し、納得しながら足を進める。公式を覚えるだけでなく、その構造を解き明かしてから問題に利用する。頭を疲れさせ、身体を疲れさせ、修行の後はいつもこうやって全てを絞り切ったかのように倒れてしまう。

「なあ」

一生懸命に強くなろうとする、そんな心の輝きに触れてみたくて。

つい、こんな問いを飛ばしてしまった。

「お前の魔法は何のためにある？」

「……？」

エヴァは顔だけをこっちに向けたまま、不思議そうな表情を浮かべた。

「良くも悪くも、魔法ってのはいろんな縁を結び付ける。魔法使いだからこそ抱えなければいけない苦労ってのもひとつやふたつじゃないはずだ。でも、大変な時やどうしようもないことが起きた時に、魔法使いを助けてくれるのも魔法なんだ」

疑問の光を宿した黒水晶の瞳、それを見つめながらヨヨは言葉を続けた。

「魔法使いの強さは心の強さ。だから自分のやりたいこと、自分の魔法で叶《かな》えたいことを言葉にしておくことはそれだけで強さの燃料になる。転んだり躓《つまず》いたりしたとき、立ち上がるための理由になってくれるのさ」

「なる……ほど……？」

納得と疑問を半々くらいにぶら下げながら、エヴァは腕を組んで考える。

うーんうーんと、こんな漠然とした問いにすら真剣に悩む彼女の姿を相変わらずだと微笑《ほほえ》みながら、ヨヨは静かに頷《うなず》いた。

「いますぐじゃなくていいさ。ゆっくり見つければいい」

ずっと見守ってやるからと、言外の意味を含めながら。

迷い悩んで見つけた答えは、きっと何よりも輝いて見えるはず。純粋な心を持った彼女の強さの理由は、それこそ黒水晶のように澄んでいるのではないだろうか。

そんなことを思っていたからか。

エヴァの隣に寝転んでいた魔術剣、その剣身が光を浴びてきらりと輝いた。

そんな気がした。

＊＊＊

さて、ヨヨたちの修行の場。

工房迷宮第三層『愚森《デルン》』の奥地には湖がある。

魔法使いがあまり足を運ばない森の深い場所に位置する湖だ。名前もつけられておらず、年という単位を超えて放置されてきた忘れられし水域。

この湖に、いま、ひとつの悪意が始まろうとしていた。

『愚森《デルン》』では『三眼豚《ルトンボア》』と呼ばれる魔法生物が生態系のトップに君臨している。名の通り三つの眼《め》を持つ巨大な豚の魔法生物だ。

生来の豚としての食活を忘れず、雑食を誇る三眼豚《ルトンボア》は『愚森《デルン》』にある植物や魔法生物を食べ続けた。草を食《は》み、木を食らい、肉を齧《かじ》り、あらゆる魔法生命を強靭な歯で噛《か》み千切り、亡骸《なきがら》へと変えてきた。

そして、三眼豚《ルトンボア》にはとある習性があった。

食べかけの草、歯型の残る木、魔法生物の血や骨――そうした魔法生命たちの残骸を、三眼豚《ルトンボア》は森の奥地にある湖へと捨てる癖があった。

浄化の施されていない魔法生命の亡骸には、一定の間、その生物が有していた魔素を吐き出す性質がある。剝《む》き出しの魔素が空気中の術素や他の生命と交わると、不可解な魔法領域や危険な魔法生物が生まれる可能性があるため、魔素の浄化は魔法学校の初等教育や冒険者組合の教習所で最も初めに教えられる技術であろう。

そして当然、森で生まれ育った三眼豚《ルトンボア》にはその危険性への理解がない。

湖の中に捨てられた数多《あまた》の残骸は無数の魔素を水へと溶かした。強さも種類も異なる魔法の素体は長い時間をかけてゆっくりと混ざり合い、絡み合い、溶け合い、時としてもともと湖に棲息《せいそく》していた水棲《すいせい》の魔法生物すらも取り込んで、そして――。


一体の魔法生物が生まれた。

『…………』

或《ある》いは、それだけならばまだ良かったのだろう。

生まれた魔法生物には言葉がなく、意志もなく、目的はなく、心もなく。

誰の目にも触れられない湖の底で、ただ『在る』だけの存在だった。

だがそこで、魔法使いの『悪意』が禁断の箱の蓋を開ける。

――どぷんっ、と。

湖に、一冊の『本』が落とされた。

『…………?』

魔素に濁る水底にて、暇を持て余した魔法生物はそれに目を通した。

綴《つづ》る文字の意味はわからない。飾られた言葉の意味など知るはずもない。

滲《にじ》んだインクが水に溶けていく、ただその様を眺めるだけ。

それなのに、だ。

『…………!!』

その魔法生物には、意志が生まれた。思考が生まれた。目的が生まれた。意義が生まれた。使命が生まれた。知識が生まれた。

何故《なぜ》ジブンがこの世界に生まれ落ちたのか、その答えを得てしまった。

脈絡など排した、突然の結論として。

――ジブンは『神』をこの世界に喚《よ》び起こすために生まれたのだ！

文字によって刻まれた偽りの自我。

理由も理屈も置き去って、盲目的に願いのみを追い求める姿はまさに狂信者のそれだ。

ただ存在するだけだった生き物は、一冊の本によって巨大な『悪意』へと成り代わる。

『…………』

目的を得た魔法生物は湖からあがり、生まれて初めての空気に触れる。

闇を思わせる黒色の身体《からだ》で、黄色《おうしょく》の瞳だけをぐるりと回し。

そうして、ソレの目に映ったのはローブを深く被《かぶ》ったひとりの魔法使いだった。

「……これだけの力が育っていたとは予想外だな。だが、嬉《うれ》しい誤算だ」

その魔法使いはインクの垂れる羽ペンをローブの内側にしまってから言葉を続けた。

「俺が書いた『未読教典《みどくけいてん》』を読んだからには、お前は邪神の使いとなったのだろう？　ならば、やることはわかっているはずだ。神を喚べ。このふざけた魔法の学《まな》び舎《や》に。平和ボケした魔法使いたちを厚き混沌《こんとん》に閉じ込めろ」

『…………』

言われるまでもないと、魔法生物はとある方向へと走り去っていく。

必要なのは『心臓』と『血』だ。

それらを有する方角を嗅ぎ取って、魔法生物は森を駆け抜ける。

「フフフッ、フフフフフ……ッ」

湖には、男の不気味な笑い声がいつまでも響いていた。

＊＊＊

今日は何かを買って帰ろうと、ヨヨは思う。

その何かとは、可愛《かわい》い桜色の後輩へのお土産的なモノを指す。

ここ最近はエヴァの修行に付きっきりだったため会えていなかった少女、そんな彼女に会うきっかけが欲しいとか、それっぽい理由を頭の中で浮かべてみた。

「……いや、だいぶ俺もやられてんな」

ちょっと会えなかったくらいで愛《いと》おしさを膨らませてしまう自分の心に呆《あき》れた笑みを漏らしてしまう。まだ出会って間もないはずの後輩が、いまではもうどうしようもないほどに大きな存在になってしまった。そしてそんな自分をあまり嫌いになれないのが厄介だ。

「ご主人さま、こちらの席へどうぞ。荷物をお預かりしますね。――あ、以前も来てくださいましたよね、ご注文は前と同じハニートーストでしょうか？」

自身でも接客を行いながら、視界の端で忙《せわ》しなく動く黒水晶を眺めてみる。

慣れというのもあるのだろうが、エヴァは本当に動けるようになった。

常に視界を広く取り、客やメイドたちの動きを観察。そこから導き出される行動に優先順位をつけ、状況に合わせて判断、実行していく。もともと目は良かったのだろう。思い切りの良さから、判断力にも長《た》けていたはずだ。

そこに『意識すること』を上乗せしたからこそ、彼女の成長は加速した。

いまやエヴァは他のメイドたちのフォローにすら手を回せるほどのできるメイドとなった。

そんな後輩の成長に微笑みながら、先ほどまでの思考に戻す。

さて、何を買って帰ろうか。

アルメナトゥーリは地上の校舎では手に入らない魔法素材が多く仕入れられている。理由としては、迷宮を活動拠点としている魔法使いの店があるだとか、地上の校舎では販売制限が掛かっている魔法素材を取り扱っているとかだろうか。

実を言えばこの魔法喫茶も地上にある『星集めの市場街《ステラマーケット》』にでも店を構えれば、自由主義の教師陣は見逃してくれるかもしれないが、お堅い考えの風紀委員あたりが何かしらの制限を設けてくるはずだ。

三層と六層と十層、全部で三つある迷宮街のその全てに共通するのは、地上の校舎では取り扱うことのできない『訳あり』の何かしらを商品とする店があるという点だろう。

まあつまり。

良い言い方をすれば自由、悪い言い方をすれば無法なこの街ならば、地上では手に入らない珍しいモノだって仕入れることができるということだ。

やっぱりあの食いしん坊へのお土産なら食べ物がいいだろうか？

頭の片隅でそんなことを考えていたヨヨであったが、カランカランと鐘《ベル》の音が響いたことで意識を切り替える。

天井視点の直下、乙女の園へと踏み入れた新たなお客さんへと視線を向ければ——。

「エヴァちゃん、ヨヨ先輩、遊びに来ましたよーっ！」

にぱーっと、花丸の笑顔を浮かべている桜色が映った。

「ルナっ」

それを見たヨヨの動きは早かった。

足裏を蹴り、本来であれば魔法陣を介さなければいけない重力操作を無詠唱で実行。もともと世界は上から下へと落ちるようにできている。魔法喫茶全体に組まれている立体術式に介入し、方向線を司《つかさど》る魔術脈を反転させれば後は世界の流れに沿うだけだ。

以上のことを要約すると『天井に張り付いていた執事が扉の前にいた少女の前に落ちてきた』という事実が完成する。何気なく行われた一連の動作は、魔法についてよく知る者ほどその技術の高さに舌を巻くだろう。

「あっ、ヨヨ先輩」

「ルナ、きてくれたのか」

「はいっ、ヨヨ先輩が執事をしてるって訊《き》いて、これを見逃すわけにはいきませんよ！」

あらゆる感動を求める魔導書作家志望の少女は、主人公の変わった一面を見逃してなるものかと羽ペンを取り出した。そんな相変わらずの姿に苦笑していると、後ろから声が飛んでくる。

「ルナちゃん、こっちよこっち！」

メイド姿のエヴァがテーブルのひとつに陣を取り、フリフリの袖を揺らしながら大きく腕を振っていた。

「なんだ、約束でもしてたのか？」

「はい、事前にエヴァちゃんの休憩時間を訊いてて、それに合わせて来ました！」

「なるほどな、それならこっちに――」

と、いつも通りの口調でルナを案内しようとしたヨヨが言葉を止める。もし彼女が創作のアイディアを求めて自分の執事姿を望んでいるのだとしたら、偽りの仮面は徹底したほうがいいだろう。

そう思い立ち、意識を切り替える。

目の前にいるのはさる公爵家のお嬢様。自分は彼女に仕える一介の執事。背景を構築し、配役を整えて、いまここにひとつの舞台を偽ろう。

そうしてヨヨは普段浮かべないような人当たりのいい笑顔を浮かべながら――。

「それではお嬢様。こちらへどうぞ」

「――っ！」

始まった紳士的なエスコートにルナの青空色の瞳が大きく開く。

どちらかと言えばだらしない印象のほうが強い先輩の完璧な猫っかぶり。動揺が勿論《もちろん》あるが、向けられた偽りの微笑《ほほえ》みに心が甘く疼《うず》くのを否定できない。

「どうかされましたか、お嬢様？」

「おおおっ!?　おおおおおおおおおおおおおっ!?」

自分でもよくわからない声を上げながら、ルナは羽ペンを高速で動かした。この感動を言葉にはできないが、文字としてなら残せるのが作家の性質《さが》だ。口ではただの感嘆符を続けさせながら、綴る文字では不思議な心の揺さぶりを文章として残していく。

ノートに齧り付いたルナが転ばないようにエヴァの席へとエスコートしたヨヨは、席についたお嬢様たちに微笑みながら尋ねた。

「それではお嬢様方。ご注文は？」

「ジャンボ苺《いちご》パフェ！　大盛りで！」

「私はホットトーストで。卵とチーズのやつがいいです」

「かしこまりました」

もともとジャンボな苺パフェに大盛りの概念があるのかと疑問には思ったが、ヨヨは恭しく一礼してから厨房《ちゆうぼう》へと注文を伝えに行った。

調理器具や魔法食材たちが力強く頷《うなず》き返すのを確認してから、ヨヨは料理ができるまで他の席の接客へと手を回す。ルナたちが楽しくお喋《しゃべ》りしているのを横目に見ながら、料理を運んだり皿を洗ったりとしていたヨヨであったが――。

――ちりっ、と。


「ん？」

なにか、首筋に不穏なひりつきを覚えて振り返った。天井席からは見上げる形となる喫茶店の入り口。そこに映ったのはソラナカルタの制服ではない、身体全体を隠すような深いローブを被った人物。

「お、お客様……？」

加えるならば、いくら呼び掛けても声を返さないその人物に困惑しているメイドの姿も映った。店の特色からして、このメイドの園に素性を隠して来店する生徒は少なくない。中には己に変身魔法をかけてまで身バレを防ぐような来訪者もいる。だとしても、来店を果たしてさえ身を隠そうとするのはやり過ぎの気がしなくもない。

「…………？」

そして、ヨヨの中には釈然としない疑問が残った。確かに面倒事の気を感じるが、果たしてこれは自分が胸騒ぎを覚えるほどのことだろうか？

ソラナカルタの五年生が覚えた違和感。杞憂《きゆう》であれば良いのだが、生憎《あいにく》としてこうした『嫌な予感』の的中率はかなりの数字を叩《たた》き出している。注意深く辺りの警戒を始めたヨヨであったが――その注意が実を結ぶ前に、事態は急転した。

「きゃぁあああああああああああああああ――ッ!?」

絹を裂くような悲鳴が乙女の園に響き渡る。

誰もが驚きの様で声の方に視線を向ければ、そこには信じられない光景が広がっていた。

「なっ……!」

ヨヨですらも、その驚きの例外には含まれない。

ローブの人物の右腕が、メイドの胸を貫いている。

残酷ではあるが、そこまでだったら納得はできずとも理解はできた。悪意ある魔法使いの強襲――だが、その言葉で括《くく》ってしまうと次の事実に説明がつかない。

貫かれたメイドの胸からは、血の一切が流れていない。

もはや『貫く』という表現すら正しいのかを疑ってしまう。

ローブの人物の右腕は、メイドの左胸に『沈んで』いるかのようであった。まるで水面に手を沈めて湖の水温を確かめるかのように、ローブの人物は少女の中で腕を蠢《うごめ》かす。その度にメイドは「くぅ…あっ……!」と苦悶《くもん》の表情を浮かべた。

「……たっ、たす……け……っ」

「「――――っ!!」」

苦しみながら振り返った少女の声に、魔法使いたちは我に返る。

異常な光景であることは認めた。その上で、自分たちがやることは決まっている。

相手が何者であるかは関係ない。魔法使いに手を出した。魔の法の使い手たちに喧嘩《けんか》を売った。ならば、相応の代償を払ってもらうしかないだろう。

紡がれる呪文。放たれる無数の魔法。乙女の園を駆けるエネルギーの放流。その全てが指向性を以《もっ》てローブの人物へと向けられた。結界魔法を得意とする者がメイドの少女を防御魔法で包んだのも容赦の欠如に一役買ったのだろう。

爆音が弾《はじ》け、破壊の渦がローブの人物に炸裂《さくれつ》し、乙女の園が衝撃に揺れる。

多くの者が確信の笑みを浮かべ、上がる煙のその先に哀れな亡骸《なきがら》を予想した。

しかし。

『————ッツッ!!』

その予想は、理解不能な呻《うめ》き声《ごえ》と共に裏切られる。

「「「なっ……!?」」」

魔法の集中によって焼き払われたローブ。そうして現れた人物の身体《からだ》は無傷——だが、魔法使いたちの驚きは無傷であることよりも、現れたその『異形』にこそ漏らされた。

人と、呼んでもいいのだろうか？

辛うじて人型を成してはいるものの、その身体を構築しているのは肉ではなかった。

異形の身体を包んでいるのは黒く渦巻く何か。まるで深淵《しんえん》の底の闇を悪魔の手で引き抜いて、一本一本を複雑に縫い合わせたかのような奇怪な異様。メイドの胸を貫いた腕だと思っていたものも、よく見れば異形の胸から生えた黒い触手であった。

全身を隈《くま》なく覆う闇色の中で、唯一の異色は不気味に輝く黄色の瞳。

その瞳が辺りを舐《ねぶ》るようにぐるりと動けば、ただそれだけで『耐性』のない者が嗚咽《おえつ》を漏らす。幻想によって彩られた乙女の園が、一瞬にして混沌《こんとん》の群生地へと成り変わった。

「ふ――ッ!!」

だがそこで。

異形の放つ気に敗《ま》けず、ひとりのメイドが仲間を助けるために踏み込んだ。乙女の園のメイド長である四年生の少女だ。学年に示された実力に裏切りはなく、鋭い動きで背後を取ったメイド長は手にしたナイフで異形の身体を貫いた……かと思われた。

「――っ!?」

突き出した腕がナイフごと、とぷんっと闇の身体に溶ける感触。

予感した肉を裂く手応えはなく、感じたのは液体に手を沈ませる感覚だった。そして一度その闇の泉に手を入れてしまえば抜くことが叶《かな》わない。

動揺する相手に向かってぐるりと瞳を向けた異形は、肩のあたりから新たな触手を生やしてメイド長の胸を貫かせた。「――がっ!?」と短い悲鳴。

自身の身体の内を無遠慮に漁《あさ》られる感触、その嫌悪と恐怖で顔を歪《ゆが》めるふたりの少女から――やがて、黒い触手が抜き取られる。

倒れたメイドたちが荒い呼吸で苦悶を訴えるのを確認しながら、魔法使いたちの視線は黒き異形が少女たちの身体から抜き取ったもの――ドクンドクンと脈打つ『生きた心臓』

へと向けられた。戦慄の視線、その注目を浴びながら、異形は触手を蠢かし、闇の身体の中へと脈打つ心臓をぬぷりと仕舞ってしまう。

「「「…………っ」」」

もはや何に驚けばいいのかわからない。苦悶を浮かべながらも生きているメイドたちに安堵《あんど》を浮かべるべきか、心臓を抜き取られても生きているその不可解に恐れ戦《おのの》くべきなのか。その判断すらつけられない。

誰もが呆然《ぼうぜん》と、悪夢かのような光景に立ち尽くす中——。

その異形は、更なる混沌を呼び起こそうと身体から無数の触手を吐き出した。

混乱が絶叫となり、魔法使いたちが我先にと逃げ始める。極限の状況下に博愛の精神は鳴りを潜め、前の生徒を押し出すかのように先を急がせた。その勢いに足を縺《もつ》れさせ、ひとりのメイドが躓《つまず》いてしまう。闇色の触手が伸びていき、声も出せずに硬直するメイドを貫こうと襲いかかった。

だが、——バツンッ!!　と。

鳴らされた指の弾きとともに、伸びた触手の何本かが引き千切れる。次いで、金貨が床に転がる硬質的な音がメイドの園に響き渡った。

「——あまり私の庭で勝手なことはしないでくれるかしら？」

その声は、まるで冥府の底より響く悪魔の囁《ささや》き。

乙女の園の中心へと降り立ったエプロンドレスの魔女。

五年生シスタス・アル・エウネは、いつもの慈母を思わせる相貌を怒りに歪め、自身の庭へ無遠慮に鋏《はさみ》を入れた闇の異形に相対する。

爆発的に広がる触手はあらゆる角度から魔女を仕留めようと襲いかかるが、その全てをシスタスは親指で弾いた金貨の弾丸で撃ち落とした。

「お金の価値がわからない無遠慮なお客様に対して、当店は魔法の制裁を遠慮致しません」

冷たい声による警告と共に、シスタスは喫茶店に金貨を撒《ま》き散らした。

『────っ』

闇の異形は自身の触手に対抗したニンゲンの挙行に疑問を抱き、黄色の瞳をあちこちへと散らばった金貨へと向ける。それを見て、魔女はにやりと口元を歪めた。

実は、シスタスの撒いた金貨に魔法的な意味はない。

魔女の狙いは敵の意識の分散──地上へと撒き散らされた金貨へと視線を向ければ、当然『上』への注意は浅くなる。つまり──。

「ヨヨくん、いまよっ!!」

「ああ──」

この園にいたもうひとりの五年生、ヨヨ・クロードが天井から異形の元へと落ちる。

地上へと意識を向けていた異形はハッと顔を上げ、落ちてくるニンゲンへと遅れて触手を伸ばした。

不規則な軌道で迫るそれらを前に、ヨヨもまた不規則な動きで対応する。空中に固めた術素を足場として、曲芸じみた動きで触手を回避――異形の懐へと潜り込んだヨヨは力強い踏み込みと共に掌底を叩き込んだ。

ぶわっ!! と、大気が暴れ、衝撃の余波で周りのテーブルや椅子が弾け飛ぶ。――しかし、闇の身体を穿《うが》つ掌《てのひら》に手応えはなく、黄色の瞳をヨヨへと向けた異形は楽しそうに顔を揺らすのみ。それこそが鼻も口もないこの異形の笑みの表現なのだろう。

そんなどうでもいい判断をしながら、ヨヨは打ち付けた掌にもう片方の手を重ねて。

「――ハッ!!」

足先から昇らせた勁《けい》を掌から吐き出した。

物理も魔法も無効化する闇の身体に、一般的な攻撃は通用しないはず。

だからこそ、ヨヨが選んだのはカラキミ流・魂操術――《魄滅天牙《はくめつてんが》》。

生き物の脈動を司《つかさど》った魂魄《こんぱく》の流れに衝撃を与える、もともとは現理世界に肉体を持たない亡霊種を倒すために生み出された業だ。

『――――ッッッ!!』

密着状態から放たれた人間の業に、異形が苦悶の叫びを上げる。

乙女の園を横断するように吹き飛んだ闇の身体が入り口とは反対方向の壁に打ち付けられ、そこにあったクローゼットや置き時計などの魔法家具が雪崩を起こした。

「ヨヨくん、やったの？」

「まだだっ!!」

シスタスの言葉に、ヨヨが強く否定を返す。

そう叫ぶ青年の腕は、深淵に侵されたように黒く滲《にじ》んでいた。

「ヨヨくん、それって」

「接触感染系の呪詛《じゅそ》の類だ。割と耐性を持ってる俺でもこれだからな。相当に強いやつだ」

「祓《はら》う?」

「あとでいい。アイツ、俺が業を放つ寸前に身体からこの娘たちの心臓を見せつけやがった。おかげで練り込んだ勁が僅かにブレた。知恵も回るぞ」

必要最低限の会話で情報を受け渡す五年生のふたり。油断なく金貨と拳を構えた魔女と流星が意識を尖《とが》らせる中——バァンッ!! と、魔法家具が吹き飛び、その内から闇の異形が身体を起こした。

ヨヨの一撃が効いているのか亡者のような足取りで、つっと前へと滑る。討伐が目的なら速攻を仕掛ける手もあったが、優先はメイドたちの『生きた心臓』を取り戻すことだ。まずはそのための手段、情報を掻《か》き集めなければいけない。

『——』

だが、闇の異形の注意はヨヨへと向けられてはいなかった。

ぎょろりと巡らせた黄色の瞳。

異形の視覚を司るであろうその部位がぐるぐると回っていき、その薄気味悪い輝きがとある一点にて固定する。まるで――見つけたぞ、とでも言いたげに。

「――」「――え？」

視線の先に居たのは、桜色と黒水晶の妖精だ。

ヨヨの戦闘が始まった瞬間に彼の強さを誰よりも信じているふたりだったからこそ、その戦闘の邪魔にならないよう店の奥へと控えていた。多くの生徒たちが外へと逃げようとする中、その流れと逆に動いていた彼女たちは孤立しており――そしていま、その傍《そば》には闇の身体を蠢かした異形の姿がある。

『――――――ッッ!!』

それはまるで闇の底の住人が天使の輝きを求めるかのようであった。異形の身体から無数の触手が伸びて、ルナたちへと襲い掛かる。視界を覆い尽くさんとばかりに迫る漆黒の暴虐。その勢いはとてもでないが、未成熟な一年生が対抗できるものではない。

そのはずだった。

「エヴァちゃん！」

咄嗟《とっさ》、と言ってもいいだろう。

思考するよりも先に、ルナは親友の身体を押し出していた。

「……え？」

まるで他人事《ひとごと》のような声が黒水晶の少女から漏れる。

されるがままに親友から突き飛ばされ、身体を倒す少女——その瞳は確かに見た。

ゆっくりと流れる時間。こちらへと向けられる笑み。良かったと、自己満足に彩られた笑顔。親友を助けられたその事実に、達成感にも似た想《おも》いで口元を綻ばせた桜色。

「っ……!!」

ルナ・アンジェリークの選択、その意味にどうしようもない別離を感じてエヴァの心が悲鳴を上げた。倒れていく身体とは逆方向に、親友へと手を伸ばす。

いかないで、と。

懇願にも近い想いを込めて、指先に繋《つな》がりを求める。

遠くなっていく笑顔、愛《いと》おしい微笑《ほほえ》み——だがそれは、そこに込められた覚悟ごと。

次の瞬間——闇色の触手によって呑《の》み込まれた。


「……ルナ……ちゃん……?」

惚《ほう》けたような言葉は、何の意味もなく空気に溶けていく。

虚へと落ちる眼差《まなざ》し、空虚な瞳のその先では、触手に絡め取られ、有無を言わせず異形の本体へと引き込まれる親友の姿があった。

「——ルナッ!!」

その一連を見ていたヨヨは様子見の考えを即座に捨てて突貫する。焦りと自身の判断の

甘さに顔を歪めながら、それでも大切な後輩を助けるため地を蹴った。

しかし、闇色の異形にその覚悟を受け止める義務はない。役目は終わったとばかりに、その身体が自身の生み出す影の中へと沈んでいく。空間跳躍に近い移動魔法の一種、そう判断したヨヨはさらに速度を上げた――が、間に合わない。

異形の身体が完全に影へと呑み込まれ、その影すらも陽炎《かげろう》のようにすーっと消えていく。構えた腕を放つ場所を見失い、ヨヨは思わず立ち尽くした。

「くそっ、いったいどこにっ!!」

が、失敗を悔いる時間も惜しいと、頭を切り替える。

ルナを守る。絶対に助ける。

ずっと一緒にいると約束した。

あの桜色の笑顔がなければ、自分はもう前を見ることすらできないのだから！

込めた決意の矛先を求めてヨヨが顔を上げた――その瞬間。

ゴゴゴゴゴゴゴゴゴゴゴゴゴゴゴゴゴゴゴゴゴゴゴゴゴッッッ!!　と。

世界が揺れる音が、大地を掻き混ぜる衝撃と共に響いた。

あまりの揺れに並の魔法使いでは立っていることすら叶わない。続けざまに起きる異常現象に、不思議に慣れたソラナカルタの生徒ですら目を白黒に混乱させられる。

「今度はなんだ……」

やがて収まった揺れだが、急な状況の変化にヨヨですら整理が追いつかない。

必死に回す思考の中で、訊《き》こえたのは外にいた魔法使いの驚き声だ。

「お、おいっ、なんだあれ……？」

その声にいち早く反応したのはヨヨとシスタスだった。

飛び出すように店から出たふたりは外にいた魔法使いたちが呆然と一方向へと顔を向けていることに気付く。追ってそちらへと顔を向けたヨヨたちはその存在を視界に収めた。

「……おい、あれってもしかして」

「……ええ、そうみたいね」

驚愕《きようがく》の感情を心の内に留《とど》めながら、見える光景を冷静に分析する。

アルメナトゥーリから離れた位置にある森の中。

視線の先にあったのは、あまりにも巨大な闇色の神殿だった。

黒色の石柱によって無数の層を重ねたシガナ方式にも似た魔法建築。所々に突き立った獣の像はその瞳の赤い輝きから『悪魔像《ガーゴイル》』であることを予想できる。

まだ昼時だというのに、その神殿の周りにだけは暗幕が張られているかのように闇の帳《とばり》が落ちており、その世界が独自の摂理を以《もっ》て回る魔法領域であると確信できる。当然、先ほどまではあの場所に斯様《かよう》な建築物など存在しなかった。

そこから導き出される結論は至って単純——。

「ダンジョンが生まれたわ。たぶん、とびっきりヤバいやつがね」

先ほどの地響きはおそらく、ダンジョンが『生えてきた』音だろう。

遅れて店から出てきた魔法使いたちも新たに生まれ落ちた闇色の神殿にその表情を驚きへと染め直す。そこには呆然《ぼうぜん》と瞳を彷徨《さまよ》わせた黒水晶の少女も含まれた。

「――」

ヨヨは舌で唇を湿らせてから思考を回す。

急なダンジョンの誕生に、まずはあの闇色の異形との繋がりを予想した。

異形の戦闘力は三層の実力に見合わない。魔法使いではないと信じたいが、あのような魔法生物の存在をヨヨは知らない。未知の飽和に思考が鈍る中、少しでも手がかりが欲しいと積み上げた知識の中でダンジョンと異形との関係性を模索する。

「……ん、あれは？」

そこで気付く。

ヨヨは視界の先――神殿の屋上付近にあるテラスのような場所。

そこで何かが動いたような気がして『眼《め》』を飛ばした。

光を司る白の術素を伝うことにより視界を極限まで飛ばす魔法。風を切るように、見える世界がぐんぐんと空気を掻き分け――辿《たど》り着いた神殿の屋上でヨヨは見た。

「――ルナっ！」

そこには闇色の異形によって抱えられた桜色の姿があった。

気絶しているのかぐったりと異形へと身体《からだ》を預けて瞼《まぶた》を閉じている。見たところ目立った外傷があるわけではないが敵は『呪い』持ちだ。見た目の無事が安全とは繋がらない。

と、そこでだ。

何かに気付いた闇色の異形が振り返り、黄色の瞳を、飛ばしたヨヨの『眼』と合わせる。

瞬間――バチンッ!! と。

「くっ……！」

魔法が途切れ、その反動でヨヨの身体が仰《の》け反《ぞ》った。

「ヨヨくんっ!?」

「……『眼』をやられた。たぶん、呪詛返しだ」

押さえたヨヨの左目からは涙のように赤い血が溢《あふ》れていた。魔法の反動と送り込まれた呪詛により、眼球に傷がついたのだろう。

「ルナ、絶対に助ける」

だが、痛みも呪いも、その全てを無視してヨヨは魔力を熾《おこ》した。

不可思議を内包した闇色の神殿、その屋上にいる異形からルナを取り戻すために。

しかし。

「ヨヨくん、駄目よ。いまのあなたを行かせられないわ」

その決意を阻むようにシスタスが立ち塞がる。彼女の瞳は見ていた。目を潰された同級生。彼の左手に溜《た》まっていた呪いが広がり、首筋にまで黒色を広げているその事実を。

「シスタス！　でも、ルナが……っ」

「ヨヨくん、落ち着いて。いつものあなたなら気付けるはずよ。異形の魔法生物。魔法使いの心臓。突如現れた神殿型のダンジョン。そして、ルナちゃんを攫《さら》った理由。これだけの情報があれば、私たちの敵が何なのかを」

「――」

エプロンドレスの魔女の言葉を、染み渡らせるように脳へと送る。

痛みを訴える眼に煩しさを覚えながらも、ヨヨはひとつの結論を導き出した。

「――『邪教種《ヴァイズ》』」

「そう。ならアレの目的は深淵《しんえん》領域に眠る邪神の召喚よ。儀式魔法には相応の準備が必要だから時間はある。怪我《けが》を治療しながら作戦を立てましょう。それが、ルナちゃんを救う最も確率の高い方法よ」

「……ああ、そうだ。そうだな。ありがとう、シスタス。冷静じゃなかったな、俺」

「ふふっ、大丈夫よ。私たち友達じゃない。それに私も、私の庭を荒らされて、何より私の大切な従業員たちを傷つけられて怒ってるんだから」

そう言い『金貨狂いの魔女《アルドニア・ウイッチ》』は荒々しい魔力を熾す。感情を内包した魔法的な衝撃は激しく広がり、アルメナトゥーリが先ほどの天変地異と同様にぐらぐらと揺れた。

「おい、シスタス。みんなが怖がってるぞ。魔力抑えろ」

「あら、ごめんなさい」

てへっと笑うエプロンドレスの魔女に脱力する。こんな状況でもいつも通りであろうとする、そんな彼女の心の強さに安心を覚えながらヨヨは振り返った。

邪気を放つ神殿、その屋上へと視線を向けながら。

「ルナ、待っていてくれ。必ず助けに行く」

想いを言葉にし、彼女が信じてくれた主人公としての責務を運命に乗せる。

物語の主人公はヒロインを救ってこそだろう。

掲げた誓いを胸へと仕舞い、作戦を立てるため、ヨヨたちは店の中へと戻っていく。

「ヨヨさん……ルナちゃん……」

その背中を、黒水晶の少女が震えた瞳で追っていた。

揺蕩《たゆた》う意識を懸命に纏《まと》め上げ、自分が何をするべきか考える。

脳裏に浮かんだ桜色の笑顔――それを認めて、少女は静かに動き出した。

物語が、闇色の展開へと転げ落ちていく。

思惑は撒《ま》かれ、決意が飛び交い、戦いの種火がゆっくりと燃え始めた。

未知なる敵が顎を広げ、絶望の結末に深く牙を喰《く》い込ませる。

果たして魔法使いたちに、覆う闇夜を斬り払う破邪の剣《つるぎ》はあるのだろうか。

誓いも、想いも、願いも、輝きも――その全てを呑み込んで。

いまここに、新たな魔法使いの物語が始まった。

第三章 ◆『未知なる闇を踏み越えて』

——魔法喫茶『秘密の乙女園《スクレット・ガーデン》』のひとつのテーブルにて。

向かい合って座るのはヨヨとシスタスだ。その周りには緊迫の表情をした魔法使いたち。混濁した負の空気でその顔を曇らせながら、ふたりの上級生の会話を待っている。

シスタスは口に手を当てて静かに思考を巡らし、眼球の傷と呪いを抱えていたヨヨは乙女の園の従業員であるふたりのメイドに浄化魔法と治癒魔法をかけてもらっていた。

「悪い、できるだけ魔力は温存しておきたくてな」

「構いません。わたしたちにできるのはこれくらいですから」

「クロード先輩、どうかエルちゃんとウェイラ先輩を助けてください！」

彼女たちが挙げた名は、あの闇色の異形によって『心臓』を抜き取られたメイドたちだ。悪夢を見ているかのように苦悶《くもん》する彼女たちはいま、魔法喫茶の奥の休憩室で横になってもらっている。正しい治療法などわからないが、回復には奪い取られた心臓の奪還が必須であろう。

少女たちの願いに頷《うなず》きながらヨヨは前を向き、エプロンドレスの魔女との本格的な作戦会議を始めた。

「まず、敵について確認しておきたい。あの化け物は――」

「――『邪教種《ヴァイズ》』で間違いないわ」

即座に返された魔女の断言に、ざわりと、魔法使いたちに動揺が走る。

邪教種《ヴァイズ》とは深淵領域に眠る『悪《あ》しき神』の召喚を目的とした生命だ。邪悪たる教理に従って行動を取る邪神の使徒。時として己の生命すらも嬉々《きき》と捧《ささ》げるその姿は、まさに邪教徒の名が相応《ふさわ》しい。

「邪神の召喚は喚《よ》び起こす神の性質によって多少はやり方が変わるけど、その中でも土台となる儀式の方法は絶対だわ」

「生きた『心臓』、祈りを捧げる『神殿』――そして、神を降ろすための『依《よ》り代《しろ》』か」

「そう。肉体を持たない魔法的概念である神が現実世界に降臨するためには、優れた血を持った魔法使いの身体が必要だわ。ルナちゃんはアンジェリークの一族よね？　なら、神の依り代として十分な適性があるはずよ」

アンジェリークの一族に幻想種の血が流れていることは魔法業界に浸透した事実だ。

シスタスの言葉に説得力を得た魔法使いたちはその顔に怯《おび》えを交じえる。何故《なぜ》なら、魔女の予想によって叶《かな》えられる未来は凄絶たる魔法災害に他ならないからだ。

邪教種《ヴァイズ》の祈りが実を結び、世界に神が降臨した事例は過去に数度あり、その全てにおいて世界は多大なる犠牲を払う羽目となった。特に記憶に新しいのは、まだ彼らの親の代にて行われた『終末災害・オールステリア大陸戦争』。

神の召喚により海に浮かぶ大陸そのものが異界の秩序に呑《の》み込まれ、その大地に生きていた全ての生命が邪神の奴隷へと変わり、世界の侵略を開始したという魔法災害だ。

各国の騎士団や実力のある魔法使いたちが集められ、人類の最高戦力と神の使徒たちによって繰り広げられた終末戦争。最後には、彼女を綴《つづ》る英雄譚《たん》が魔導書にも至ったとされる魔法使い、勇者シャーリ・フルクリストの魔剣によって神を討ったとされている。

だがその被害はあまりにも大きく、多くの魔法使いの命と世界から大陸をひとつ失ったとなれば、その脅威の規模が見てわかるというものだ。

終末の再来、その予兆が目の前にあると言われれば魔法使いたちの動揺も仕方がないことだろう。

「……これだけの事態だ。生徒会や先生たちが動いてくれるんじゃないか？」

「生徒会は動いてくれると思うけど、先生たちはどうでしょうね。ソラナカルタの校風は実力主義と自由主義。校舎や迷宮で起きた問題に対して、基本的に教員たちは無干渉だわ。たとえ取り返しのつかないことになったとしても、魔導を突き進む魔法使いには介入しない。残酷だけど、それこそが魔法使いの成長に必要なことだと彼らは信じているから」

「なら、生徒会は――」

「わかっていると思うけど、今回の私たちの勝利条件は邪教種《ヴァイズ》の討伐。その前提として『未開拓ダンジョンの攻略』が含まれているわ。生徒会も上級生の多くは深層の警備を担当してるはず。邪神召喚という時間制限《タイムリミット》がある今回の魔法災害で、悠長に生徒会の到着を待っている時間はないわ」

　ソラナカルタは多くの魔導に潜ることのできる世界最高峰の魔法使い育成機関。そして魔道の追究には温かみを欠いた残酷な結末も存在する。この学び舎《まなや》で命を落とした魔法使いは確かに存在し、『未開拓ダンジョン』の攻略はその事例の最たる例に挙げられた。

　未知なる摂理を内包した魔法領域には初見殺しとも取れる悪意が存在することもあり、その試練に朽ち果てた魔法使いの教訓は、探究学の最初の概論で教えられる。

「私とヨヨくんが協力しても倒し切るに至らなかった邪教種《ヴァイズ》のダンジョン。その攻略難易度は深層のダンジョンにも引けを取らないはずだわ。下級生には任せられない」

　誰もが優秀の判を押されるソラナカルタの魔法使いだが、その中でも四年生と五年生の間には明確な力の差が存在する。魔法の研究者として、迷宮に工房を持つことが許される五年生はその生活の多くを危険の揺蕩う魔法領域で賄うことになる。

　その中で鍛え上げられた判断力や危険の察知能力は未開拓ダンジョンの攻略に必須な能力。犠牲を避けたいならば、あの神殿型のダンジョンには五年生以上の生徒で構成された魔法使いのパーティで事に当たりたい。

　だが、ここは工房迷宮の三層だ。

　五年生を超えた上級生の多くは迷宮の深層から出てくることがほとんどない。後輩の面倒を見る目的があったヨヨ、ソラナカルタのあちこちに店を構えるシスタス。一般的な上級生の生活から逸脱した五年生が三層という浅層にふたりも居たことこそが幸運であり、それ以上の例外を求めるのは贅沢《ぜいたく》というものだ。

「なら、俺とお前でダンジョンに挑むってことか？」

ヨヨの疑問に対して、シスタスが静かに首を横に振る。

「いえ、私はここで街の守護に入るわ。魔法使いの警備といってもいいかしら？」

「というと？」

「あの邪教種《ヴァイズ》はおそらくルナちゃんの『血』の匂いを感じてここに来た。そのついでに魔法使いの心臓も集めようと思っていたのでしょうね。でも、私とヨヨくんの抵抗があってそれが叶わなかった。生きた心臓はふたつしか手に入らなかった。邪神の召喚に必要な贄《にえ》がそれだけで足りるはずがない。なら、また来るわよ」

既にアルメナトゥーリにはメイドたちを伝ってシスタスの言葉が届けられている。

――『この街から出たら魔導に堕《お》ちるぞ』と。

未知のダンジョンの出現に多くの魔法使いが地上の校舎への帰還を望んだが、五年生の言葉を無視できるほど彼らは愚かでも度胸があるわけでもなかった。

生きた心臓を求める邪教種《ヴァイズ》にとって集団から離れた魔法使いは格好の餌だろう。少なくとも実際に抵抗を受けたヨヨとシスタスが居るアルメナトゥーリには簡単に手出しができないはずだ。

「邪神の召喚が叶ったら私たちの敗《ま》けは確定よ。邪教種《ヴァイズ》にこれ以上の心臓はやれないわ。いま、私の従業員で隠密《おんみつ》に優れた魔法使いが三層にいる生徒たちをアルメナトゥーリに集めてるの。私がこの街を――魔法使いを守っている間に、ヨヨくんがダンジョンを攻略してきて」

シスタスの言葉には、これでも時間稼ぎにしかならないぞ、という言外の意味も含まれている。邪神召喚に必要な心臓の数は未知であり、広い迷宮の全てに目を配ることは不可能だ。何も知らない生徒がこの階層に降りてくることもあるだろう。そうした魔法使いにまでは手が回らず、シスタスの守護が間に合わない。

時間制限《タイムリミット》のある未開拓ダンジョンの単機攻略。

挙げられた勝利条件に、ヨヨは表情を苦く歪《ゆが》ませた。

「文句を言っても仕方がねぇか。用意ができたらすぐに出る」

「ごめんなさい。一番危ないところをヨヨくんに任せる事になっちゃって」

「謝らないでいい。お前がそう判断したんなら、たぶんこれが最適解なんだろう」

シスタスの状況把握能力はソラナカルタでも随一だ。『金貨狂いの魔女《アルドニア・ウイッチ》』として世界の経済の流れを追いかける彼女の判断力は並の魔法使いから逸脱している。少なくともヨヨは自分の判断がエプロンドレスの魔女の決定より優れているとは思えない。

「あのダンジョン……名前がないのは不便ね。とりあえず『邪教神殿《イーヴィル・エイズ》』とでも名付けましょうか。たぶんだけど中は呪素でいっぱいよ。祓《はら》い薬はたくさん持っていった方がいいわね」

「大丈夫、一度浴びた呪いだ。呪詛《じゅそ》抗体ならもう体内に作った」

「いや、普通は一度浴びたくらいじゃ抗体なんて作れないけど……」

言葉を重ねながら必要な道具を揃《そろ》えていく。普段は金に煩《うるさ》いアルメナトゥーリの商人たちも、流石《さすが》の緊急事態に商魂を控えて全面的な協力を見せてくれた。

怪我《けが》の治療も終わり、ソラナカルタの制服にありったけの魔法道具を詰め込んだヨヨは未知なるダンジョン――『邪教神殿《イーヴィル・エィズ》』へと挑むため魔法喫茶の外に出る。

そこには――。

「……エヴァ？」

待っていたのは、ソラナカルタの制服に身を包んだひとりの魔術剣士だった。

ヨヨを見つめる黒水晶の瞳には意志が渦巻き、決然とした態度からは覚悟を決めた魔法使いのみが放つ力強い覇気が漏れている。ポケットに詰め込まれた多くの魔法薬、磨き上げられた魔術剣、そこから導き出される結論はただひとつ。

エヴァは厳かに口を開き、準備をしていた言葉を声にして紡ぐ。

「ヨヨさん、私も連れていってください」

願いという形で放たれた言葉――しかし少女の瞳は、これが決定事項だとでも言いたげに揺るがない。躊躇《ちゅうちょ》も怯えも後悔も、その全てを呑み込んだ少女の結論は、親友を助けるために魔導の深みへと挑むこと。たとえ自身がその魔に呑み込まれることになったとしても構わないと、黒水晶の瞳は絶対の意志を宿していた。

「駄目よ、エヴァちゃん。認められない。そんなの、ただの積極的な自殺にしかならないわ。――いえ、自殺で済めばまだいい方よ」

一年生の同行――足手まといにしかならない少女の願いにシスタスは否を叩《たた》きつける。

あの未知のダンジョン『邪教神殿《イーヴィル・エイズ》』はおそらく五年生ですら攻略困難な魔法領域だ。事実としてヨヨは他の魔法使いの同行を断った。自分の生還すらも確定しないダンジョンへの挑戦に他人の命まで背負えないという判断である。

しかし――。

「……ルナちゃんは、笑っていました」

「……?」

黒水晶の少女から返されたのは、それだけでは真意を計りかねる過去の描写。

五年生たちを見上げながら、エヴァは放つ言葉に想《おも》いを込める。

「あの化け物から守るために私を突き出した時、ルナちゃんは笑っていました。助けられて良かったと、自己満足に微笑《ほほえ》んでいました」

噛《か》み締めるように俯く少女は、灼熱《しやくねつ》を吐き出すかのように震えた声を絞り出す。

「私にはそれが許せなかった……!!」

瞳に滴を溜《た》めながら叫ぶ少女。その声の強さにヨヨとシスタスは気付く。彼女の握られた拳――そこに生じた震えは、怯えでも後悔でもなく、親友に対する怒りから起きたものなのだと。

「私たちは親友だと思っていました。笑うのも泣くのも傷つくのもずっと一緒だと、言葉にしたことはありませんけど信じていました。楽しいことは共有しよう。辛《つら》い事には一緒に立ち向かおう。そんな存在が親友なんだと私は思っていました」

でも、と言葉が続く。

「ルナちゃんは、ただ一方的に私を助けて、それで満足だって笑っていたんです！」

黒水晶の瞳から、確かな滴を流しながらエヴァは叫んだ。

どうしようもないことはある。仕方がないこともある。魔法使いの運命は残酷で、降りかかる試練は果てがなくて、傷つくことが避けられない時が必ずある。

でも、そんな時に支え合って、一緒に傷つきながら戦うのが親友なんだとエヴァは信じていた。もしかしたら関係のない困難にだって、親友だからという理由だけで巻き込むことが許されるのが、その言葉の持つ意味だと思っていた。

「背負わせて欲しかった……笑ってなんて欲しくなかった……あの時に抱く気持ちが、鏡合わせみたいに同じであって欲しかった……」

この恐ろしい学び舎で共有したたくさんの想い出がある。

楽しかった。嬉《うれ》しかった。怖かった。苦しかった。泣きたかった。面白かった。初めて知った。痛かった。わかりやすかった。わかりにくかった。

いつだって半分こにしてきた感情を、あの時、確かに自分は裏切られたのだ。

片や友を助けられた喜びに、片や友を失う悲しみに。

分かたれた心がここにあり、だが、エヴァは罅割《ひびわ》れたままの絆《きずな》をそのままにはしたくないと叫んでいる。

「また、ルナちゃんに会いたいです。今度は私が助けます。それでいっぱい喧嘩《けんか》して、ふざけないでって頬を叩いて、その後にごめんなさいって謝って、最後に助けてくれてありがとうって笑いながら抱き合いたい。そんな未来を私は摑《つか》みたいんですっ！」

怒るのはきっと、再び笑い合うために必要な心の儀式であるのだとエヴァは言う。

仲良しと仲違《なかたが》いを行ったり来たりの繰り返し。

それでも最後に笑い合えたのなら、きっとその関係を本物と呼ぶのだろう。

あの時別れた心の垣根を飛び越えて、突き飛ばされたお返しに、今度は自分がその手を摑んで引き戻してやるんだと、少女の心はただひたすらに明日《みらい》を見据えていた。

「――――」

込められた想い、涙交じりの少女の叫びにシスタスが目を細める。

魔法世界は残酷だ。あらゆる意志も、美しき友情も、伴う実力がなければ魔導の深みへと容易に吞み込まれる。本来であれば、完全なる否定の言葉で少女の想いを踏みにじる。

それこそが魔法使いの先達として後輩を守るための行動のはずだった。

しかし、シスタスは僅かに沈黙を挟む。

目の前に居るのは、星に手を伸ばす魔法使い。理知的な魔女の判断に揺らぎを生ましたのは、友を想うがために己の危機すらも顧みない黒水晶の輝きだった。

若く、眩《まぶ》しい、魔法使いとしては純粋すぎる色をした光だった。

「わかった、エヴァ。一緒に行こう」

「ヨヨくんっ!?」

青年の決断に、エプロンドレスの魔女は驚きの声を上げた。

「本当にいいの、ヨヨくん？　どんなに強い想いがあったって、エヴァちゃんはまだ一年生。『邪教神殿《イーヴィル・エイズ》』に挑むにはまだ幼過ぎる。優しいヨヨくんのことだから、きっとエヴァちゃんを見捨てるなんて決断は取れないでしょう？　断言するわ。絶対にエヴァちゃんはダンジョン攻略の足手まといになる」

「だろうな。でも――」

言葉を切ったヨヨはそこで滴を溜めた黒水晶の瞳を見る。

真《ま》っ直《す》ぐな輝き――その先はきっと、囚《とら》われた親友の元へと繋《つな》がっているはずだ。

「エヴァはルナの親友だ。ルナを想う気持ちは誰にも敗けないはず。魔法使いの強さは心の強さ。きっとどこかでエヴァの力が必要な時が来る、そんな気がするんだ」

それは、不確かな直感。

或《ある》いは、彼女たちの絆を近くで見てきたヨヨにだからこそできた小さな星詠み。

星の流れにも劣らない輝きを有する少女の瞳、そこに確かにヨヨは見た。いつかの先、彼女の持つ魔術剣が厚き混沌《こんとん》を切り裂くその未来を。

「それに、エヴァのために命を懸ける――たとえ、どんなことがあっても、そこにきっと後悔はない。先輩ってのは後輩を助けるもんだしな」

彼の中で使い古された言葉を、今度は誓いにも似た意味で放つ。

もはや揺るがない青年の決断に、シスタスは諦めたように目元を手で覆った。

そういえばこの魔法使いも純粋な色をしていたのだったと、今更ながらに思い出して。

「……わかった。ヨヨくんがそう言うんだったら私はもう何も言わないわ…………あ、でもやっぱりひとつだけ言わせてね。――無事に帰ってくるのよ、必ず全員で」

「ああ」「はいっ！」

魔女の願いに、ヨヨとエヴァは力強い頷《うなず》きを返す。

また会おう。今度はきっと、その隣に、桜色の少女を引き連れて。

＊＊＊

「……うん……？」

微睡《まどろ》みの沼に沈んでいた意識が、ゆっくりと顔を上げる。

ぼやけた視界が徐々に輪郭を成し、回復した認識力が周囲の光景に疑問を浮かばせた。

「……あれ、ここは……？」

桜色の少女が目を覚ましたのは、黒い骨のような格子で囲まれた牢屋《ろうや》の中だった。不快な息苦しさを覚えながら、ルナは眠る前の記憶を漁《あさ》って現状への予想をつける。

「そっか……わたし……あの黒い化け物に襲われて……」

思い出された記憶、その最後には悲しそうな顔をした黒水晶の少女がいた。

泣き叫ぶかのように瞳を揺らし、指先に繋がりを求めた親友。その手を取ることなく、咄嗟《とっさ》に浮かべてしまった自身の笑顔を思い出し、ルナは小さな後悔を心に咲かせた。

きっと、多分だけど、怒らせてしまったような気がする。

だって、もし立場が逆だったら、自分だってもの凄《すご》く怒っていたはずだから。

そんなことを容易に想像できるくらい、エヴァのことを知っている自信がある。

「ちゃんと謝らなきゃなぁ……」

未知なる状況を前にして、ルナが思い描いたのは現状への不安ではなく親友に対する謝罪の決意だった。身体《からだ》の傷は我慢できる。恐怖にだって何度でも抗《あらが》おう。でも、心の傷は、ましてやそれが親友との絆につけられたものとなれば耐えられない。

ルナ・アンジェリークとはそんな魔法使いなのだ。

「さて、ここはどこだろう……？」

ひとつの決意のその後で、ようやくルナが現状の把握に注力する。

見渡す牢屋に見覚えは当然なく、記憶の最後に整合性を求めるならば、あの黒い化け物に攫《さら》われたと考えるのが妥当だろう。

しかし、何故《なぜ》？

未知なる魔法生物の未知なる行動に、どうしようもなく頭を捻《ひね》る。

まだ一年生の浅い経験の中では、浮かべた疑問を答えへと至らせる情報のピースがあまりにも足らない。少しでもパズルを完成へと近づかせるため黒い格子に寄ってみて、試しに魔法でも放とうかと手をかざして呪文を紡ぐが――。

「魔力が熾《おこ》らない……？」

普段であれば込み上げてくるはずの不可視の力が、うんともすんとも応えない。

特殊な魔法領域では体内の魔法臓器の活動を制限することがあると術学の授業の雑談で耳にしたことがあったが、どうやら自分がいま居る場所こそがそれに当たるらしい。

さて困ったぞ、と。

魔法の使えなくなった魔法使いは必死に頭を悩ました。

この状況で自分ができることはなんだろう。物語にまだピリオドを打ちたくない魔法少女は、腕を組みながらうーんうーんとできることを模索した。

あらゆる思考、浮かべた案を吟味して、そして最後に選ばれたのは――。

「よし、書こう！」

ルナは懐からノートと羽ペンとインク壺《つぼ》を取り出した。

残念ながら自分では、少なくとも自分の思考の幅では、この状況を好転させるための手段が見当たらない。となれば自分ができることは、きっと助けに来てくれる大好きな先輩を待ちながら、そんな彼の力になれるような物語を紡ぐこと。

紙とインクさえあれば、魔導書作家はどこでだって魔法を使うことができるのだから。

「まってますよ、わたしの主人公」

絶望的な状況でありながら、その心を悲観に染めない。ましてや『囚われのヒロイン』の経験ができたと、小さな魔導書作家は笑みすらを浮かべて見せる。魔法使いの本質が心に在ると言うのなら、彼女はきっと誰よりも強い魔法使いなのだろう。

ガリガリ、ガリガリガリ、と、擦《こす》られるペンの音が孤独な牢屋に無音を許さない。

不気味な牢のその中では、囚われの少女の手によってひたすらに物語が綴《つづ》られていた。

＊＊＊

『邪教神殿《イーヴィル・エイズ》』は『愚森《デルン》』の奥地にある湖を土台として建っていた。

ヨヨの相棒たる魔法の箒《ほうき》――パムの力を借りて神殿近くへと降り立ったヨヨたちは、見上げたその異様、ダンジョンから放たれる圧力に不気味な震えを覚えてしまう。

「……本当に異常事態《イレギュラー》だな。ダンジョンが生まれるなんて」

「ヨヨさん、一応訊《き》いてみますけど、箒で外から上を目指すのは……」

「不可能だな。いや、稀《まれ》にそういう裏技が使えるダンションもあるんだが、少なくともコイツの入り口は一階にしかねぇみたいだ」

ヨヨの眼《め》は魔力による薄い光を纏《まと》っていた。術理を宿したその光は『呪脈視』と呼ばれる、目に見えない呪いの流れを見通す力を持っている。

建物全体に流れる強力な呪詛《じゆそ》は入り口以外から侵入した魔法使いに容赦のない呪いを見

舞うだろう。ダンジョンのルールとも呼べるそれらの力はたとえ最高品質の祓《はら》い薬を使ったとしても解呪には至らないはずだ。

「おそらく中もそれなりの呪詛が蔓延《まんえん》しているはずだ。祓い薬の効果を切らさないようにな」

「はい……あ、でも、持てるだけは持ってきましたけど、これで足りますかね？」

「変にケチって痛い目を見るくらいなら遠慮なく使えよ。いざとなったら……あ、いや、これは別に言わなくてもいいか」

「……？」

言いかけた言葉を取りやめた先輩に、エヴァが軽く首を捻る。

ヨヨが言いかけたのは、『抗体』を持った魔法使いの体液——つまりは唾液や汗などの分泌液が祓い薬と同じ効果を持つと言うこと。ダンジョン攻略に関しては割と理知的な考え方をするヨヨであったが、後輩の女の子に向かって『いざとなれば俺の体液を飲めばいい』とは流石《さすが》に言えなかった。

「ほら、さっさと行くぞ」

「あ、待ってください」

足を進めて無理やり話題を切り上げる。湖に張られた浮き橋を渡り、神殿の麓にまでやってきたふたりだが、見たところ中に入るための扉らしきものは見当たらない。

「——」

ヨヨは再び呪脈視を発動すると、壁を流れる呪力が避けている場所がひとつ、人ひとりがちょうど通れる呪脈の隙間を見つけた。おそらくここが未知なるダンジョンの入り口なのだろう。

「呪い持ちのダンジョンは一度入ると攻略するまで出れない仕組みになっていることが多い。準備はいいか、エヴァ？」

確認の言葉に、黒水晶の少女は真剣な表情で頷きを返す。

「まずは俺が行く。いきなり襲われる可能性もあるからな。エヴァは俺が突入してから五分後に入ってきてくれ。それまでにある程度状況は整えておく」

言ってヨヨが壁の中へと身を投じた。水面に小石が落ちたかのように波紋が生まれた闇色の壁、その先へと吞《の》まれた先輩の姿を見送ってからエヴァは静かに時間を待つ。

きっかり五分。

エヴァは小瓶の蓋を開け、祓い薬を一気に飲み干してから足を進めた。

未開拓ダンジョン『邪教神殿《イーヴィル・エイズ》』――油断すれば命すらも吞み込みかねない昏《くら》き魔導の領域へ、その頂上にて待つ親友を助けるために。

「――ッ!?」

泥の膜を突き破るような感覚、闇色の壁を越えたエヴァを迎えたのは不揃《ふぞろ》いの岩々で囲まれた洞窟のような空間だった。

そして、空気が孕《はら》む呪詛の重みに息苦しさを覚えながら――だが、そんな不愉快が細やかに思えるほど、強烈な悪寒が少女の全身を叩く。敵意や悪意とはまた違う、例えるなら、目の前で巨大な龍が身動《みじろ》ぎをしたかのような過敏とも取れる危機感。

「エヴァ、こっちだ」

　正体不明の圧力にびくりと震える手足――そんな彼女の手を引いて、ヨヨが手近な小岩の陰にエヴァを引き込む。せり出した岩場のあちこちには小さな魔法陣が刻まれており、先の五分でヨヨが張った、領域内の気配を外に漏らさない結界魔法だ。

「ヨ、ヨヨさん……この、恐ろしい気配はいったい……？」

「……そこの岩場の向こう側を見てみろ。あんまりしっかりは見るなよ。あのレベルともなると目を合わせただけで『持っていかれる』可能性がある」

「……？」

　要領を得ないヨヨの説明に疑問を抱きながら、エヴァが差された岩場から顔を出す。見えたのは岩場から岩場を繋ぐ一本の石橋だ。余計な装飾などなく、ただ渡るという目的のみに造られたのであろう無骨な見た目。橋の下は先の見えない奈落――周囲の薄暗さも相まって完全なる闇色が口を広げていた。

「――――ッ!!」

　そして視線を更に進めた瞬間、ゾクリと、極上の怖気《おぞけ》がエヴァの身体を這《は》い回る。まるで死神の指に、つぃっ……と背中を撫《な》でられたかのような冷たい恐怖――見えた事実を鑑みれば、その感覚は至って正しいものなのだろう。

橋の終着に待ち構えていたのは、巨大な鎌を持った一体の魔法生物だ。

闇色の襤褸《ぼろ》を纏った巨軀《きょく》、瞳だけを赤く輝かせる髑髏《どくろ》の双眸《そうぼう》。その視線がキョロキョロと辺りを舐《ねぶ》るだけで、内臓を掻《か》き混ぜられるかのような不快感が身体を縛る。

「あ……うぁ……っ」

「エヴァ！　あんまり見るなっ！」

嗚咽《おえつ》のような声を漏らす少女を、ヨヨがぐいっと岩の陰に引き込む。

エヴァは呆然《ぼうぜん》とした表情のまま虚《うつ》ろな瞳を揺らしていた。青い顔には不自然な量の汗が浮き出ており、手足が痙攣《けいれん》するかのように震えている。声も届いている様子はない。

「くそっ、ちょっと見ただけでこれかっ!!」

ヨヨはエヴァの頭を自身の胸元に押し付けた。

抱き寄せた腕では一定のリズムで背中を叩《たた》き、乱れた魔力の流れを整える。心臓の音を訊かせることで『生きた感覚』を思い出して貰《もら》い、触れ合う温度で冷たい身体に熱を伝える。魔法使いが恐怖に呑まれたときの一般的な対処法だ。

「大丈夫だ、エヴァ。俺がいる、安心しろ、大丈夫だ」

わかりやすい言葉を繰り返し、優しく背中を叩くこと数十秒。青白かった顔には徐々に朱が混じり、虚ろだった瞳にも輝きが取り戻される。荒かった呼吸がゆっくりとした流れに落ち着き、エヴァはパチクリと瞼《まぶた》を瞬かせてから顔を上げた。

「……ヨヨさん？」

「おう、ヨヨさんだぞ。もう落ち着いたか？」

その言葉で恐怖に持っていかれていた意識が完全に取り戻される。鼓動は落ち着き、視界は冴《さ》え、周りの音を明確に鼓膜が拾う。そして、少女は把握した。残る現状、虚ろから戻った意識が――『ヨヨに強く抱きしめられている』というその事実を。

「～～～～～っ!!」

先ほどとは違う理由で鼓動が高鳴り、頬は朱を通り越して紅へと変わる。異性関係には純情なエヴァにとって、この状況は少しばかり刺激が強かったようだ。

「お？　また鼓動が速くなってきたな。まだちょっと怖いか？」

「だ、だ、大丈夫です問題ないですありがとうございました！」

早口でお礼の言葉を紡ぎながら、パッとヨヨから距離を取る。赤く熱を放つ顔に、パタパタと手で風を送りながらエヴァは話題を転がした。

「そ、それでヨヨさん。あの魔法生物はもしかして……」

「ああ、死霊骸《グリム・リッパー》だ。俺も見るのは初めてだな」

それは魔法生物の中でも最強種に分類される一体。

本来であれば迷宮の二十層よりも下――深淵層《しんえんそう》と呼ばれる領域に棲《す》むはずの魔法生物だ。

「まともにやり合えば俺でも勝てねぇ。刺激しねぇように気をつけろよ」

ソラナカルタの五年生でも敗北が確定だと言わしめる魔法生物の存在に、エヴァは緊張を維持したまま方針を尋ねた。

「つまり、死霊骸《グリム・リッパー》に見つからないよう先を目指すと？」

「そうしてぇのは山々だが、上に行くための階段が橋の向こう側にあるんだよな」

まいったように頭を掻くヨヨ。

エヴァが再び岩陰から顔を出し、今度は死霊骸《グリム・リッパー》を見ないように橋の向こう側へ視線を送ると……確かに岩壁の端に洞窟のような場所があり、その中では階段が伸びていた。

「……階段に辿《たど》り着くためには、橋を渡ることが必須ということですか？」

「ああ。崖を飛び越えることも考えたが呪詛が邪魔してうまく魔力が固定しない。空中に足場を作ることもできねぇし、ここじゃ魔法の箒も呼べねぇみたいだ」

既にヨヨはいくつかの案を浮かばせ、吟味を重ねた後のようだ。

「……なら、死霊骸《グリム・リッパー》との戦いは避けられないと？」

「そうとは限らねぇ。いくら異常事態《イレギュラー》って言っても、このダンジョンがあるのは三層だ。死霊骸《グリム・リッパー》なんて化け物は本来なら酔うくらいに濃い術素の満ちた空間じゃないと生きられないはず。それがこんな場所に居るってことは、アイツには存在自体に何かしらの制限がかかってるって考えた方が筋が通る」

「制限ですか？」

「ああ、例えば『動くことができない』だとか『攻撃ができない』だとか、もう少し妥協するなら『特定の行動をした者でないと攻撃できない』とかだな」

まずはそれを見極めよう、と、ヨヨはエヴァに並んで岩陰から顔を出す。

岩山に囲まれたその空間は静かであったが、情報が何もないわけではない。見えない物陰には幾つかの生物の気配が漏れており、その存在の確証として一匹の魔法生物が橋の上に姿を現した。

「あれは『三角白馬《アルホーン》』ですか？」

「だな。迷い込んだのか、ダンジョンに引き寄せられたのか……」

「引き寄せられた？」

「ここは邪神を祀《まつ》るダンジョンだ。神っていう魔法概念はそれだけで生き物を魅了する性質を持つ。近くの魔法生物がこの場所に引き寄せられても不思議じゃねぇさ」

ヨヨの推察はさておき。

三角白馬《アルホーン》は、パカっ、パカっと蹄《ひづめ》を鳴らしながら死霊骸《グリム・リッパー》の待つ橋を渡り始めた。明らかに格上の魔法生物が待ち受けるにも拘《かか》わらず先を目指すのは、生物としての本能よりも邪神への魅了が勝っているためか。

その真偽は定かではないが、三角白馬《アルホーン》は長い石橋の半分を渡り終える。

そこで――。

――ブンっ!!　と。

「――ッ!?」

爆発めいた大気の振動と、雷鳴にも似た風斬り音がその空間に響いた。

鳴動する空気が凄《すさ》まじい勢いで辺りに広がり、ヨヨとエヴァは思わず手で顔を覆う。

突風をやり過ごし、恐る恐ると見返した橋の上では頭の取れた馬の亡骸《なきがら》があった。

あまりの速さに自分が死んだことすら自覚できていないのか、三角白馬《アルホーン》の四肢は、パカッ、パカッと数歩だけ蹄を進めて、そこでようやく事切れる。

いったい何が起きたのか。

その答えは、死霊骸《グリム・リッパー》の鎌に付着した新鮮な血を見れば容易に想像できた。

「……攻撃ができないという制限ではないようですね」

「ああ。だが、わざわざ橋の半分を渡るまで待っていたってことは無条件に攻撃ができるってわけじゃなさそうだ。攻撃をできる領域が決まっているのか、それとも三角白馬《アルホーン》が何らかの条件に引っ掛かったか……とにかく、いまは観察を続けよう」

幸いとして、観察の対象には困らなかった。

これもダンジョンの性質なのか、すぐさま次の魔法生物が死の橋渡りへと挑み始める。

挑戦者の見てくれは地面から生えた手の魔物――『蠢く手《ウルハンド》』は、魔法生物の死体の手に寄生して活動する宿り種の魔法生物だ。

ずるずると身体《からだ》を引きずりながら進む蠢く手《ウルハンド》。

ヨヨたちが固唾を飲んで見守る中、その屍肉《しにく》の身体が橋の半分を渡り終える。

『――――』

しかし今度は、死霊骸《グリム・リッパー》に動きはない。

死の鎌を振るう素振りを見せないまま赤い瞳がギョロギョロと左右に揺れるのみ。

結果として蠢く手《ウルハンド》は何の障害もなく、石の橋を渡り終えてしまった。

「……攻撃領域が決まっているという線も潰せそうですね」

「そうだな。それに、渡り切ることができるって具体例を見れたのも大きい」

冷静な観察から情報を抽出し、最適解を模索する。

それこそが未開拓ダンジョンの攻略だ。

現状最大の手がかりは次々と橋渡りを始める魔法生物たち。積み重なる成功例と失敗例を比較して、ヨヨたちは死霊骸《グリム・リッパー》の攻撃条件を予想する。

「渡り切れたのは、蠢く手《ウルハンド》、雨降り蛞蝓《ウィルスラッグ》、尻尾獣《エンドテイル》。失敗したのは、三角白馬《アルホーン》、素舐め山羊《ルニンエート》、豚頭蛇《カトブレパス》……さあ、これらの情報で、死霊骸《グリム・リッパー》の攻撃条件を推測しよう」

ヨヨの言葉に、エヴァが顔に手を添えて思考する。浮上する予測を脳内で添削し、統合された結論はいったい何なのか。

「……成功した魔法生物の共通点は……顔がないこと？　魔法生物学的に見れば、魔力で周囲を感知する生物、といったところでしょうか？　でも、それが条件なら、私たちでは橋を渡り切ることができませんよ」

導かれた可能性はエヴァたちにとって芳しくはないものであった。与えられた共通項が生物としての構造だというのなら、ヨヨたちに解決の手段がない。

「……いや、そう判断するのは早い。死霊骸《グリム・リッパー》なんて化け物がその程度の条件で三層のダンジョンに存在できるとは思えねぇ。何かしら、どんな生き物でも突破できるような確実な方法があるはずだ。例えば――」

推測を交じえ、ヨヨは右手の人差し指を突き出した。

その先では、先の個体とは違う二体目の三角白馬《アルホーン》が橋渡りに挑戦しようとしている。

「――『光を奪え《サンターナ》』」

静かに呟《つぶや》いた呪文。

指先から放たれた魔法は、小さな輝きと共に不意打ちで三角白馬《アルホーン》に命中した。それは対象から光の感覚を奪い、視覚機能を麻痺《まひ》させる魔法だ。

急に視力を奪われた三角白馬《アルホーン》は驚いたように駆け出し、橋の半分をすぐに渡り切る。

『――――』

しかし今度は死霊骸《グリム・リッパー》が動かない。死の鎌を携え、橋を渡る暴れ馬に赤い瞳を向けはするが、襤褸を纏《まと》う巨軀の身は寸分すらも活動の許可を得ていないようだ。結果として今回の三角白馬《アルホーン》は、同族の亡骸を乗り越えて石橋を渡り終えることに成功する。

「ビンゴだ。死霊骸《グリム・リッパー》の攻撃条件は顔の有無じゃない。対象と『目を合わせる』こと。もしくは『お互いを認識する』こと。細かい条件が他にもあるかもしれねぇが、少なくともこれさえ避ければ攻撃されることはねぇだろう」

結論を得たヨヨたちは隠れながら移動して、橋に一番近い岩山の陰に潜む。死霊骸《グリム・リッパー》に近付いたからか空気から感じる威圧が強度を増し、知らずのうちに手には汗が滲《にじ》んでいた。

声を抑えるため額がぶつかりそうなほどに顔を合わせたふたりは、最後の確認をするために言葉を交わす。

「いいか、エヴァ。いまから俺の魔法で視覚を奪う。それでも絶対に瞼は開けるな。次、俺たちが顔を見合わせるのはこの橋を渡り終えた後だ」

「はい」

決然と頷《うなず》かれた少女の決意を満足に眺めてから、ヨヨは小さく呪文を紡いだ。

「――『光を奪え《サンターナ》』」

唱えられた音韻がふたりの魔法使いを術理で絡め取り、見える世界を暗闇へと落とす。人間の感覚器官でも最有力を誇る視覚の喪失はそれだけで心を不安に覆わせるが、状況を考えればこの程度の心細さに文句など挙げられない。

「いくぞ、エヴァ」

「はいっ」

共に立ち上がり、そのまま岩陰を出てふたり揃《そろ》って歩き出す。

待ち構えるは、死を弄ぶ骸《むくろ》の怪物。その威圧を全身で感じながら、襲い来る恐怖を必死に騙《だま》して前へと進む。一歩、また一歩と、ゆっくりとした足取りで。

「……っ」

エヴァの息が、自然と荒くなる。

ヨヨの考察を信じていないわけではないが、確証があるわけでもない。もしその考えが間違っていたのならば、自分たちは自らの足で死の奈落へと進んでいることになる。

これこそが、未開拓ダンジョンの攻略。

数多《あまた》の魔法使いを呑《の》み込んだ『未知』という魔物の恐ろしさを、エヴァはこのとき本当の意味で初めて理解した。

拾う音のみで歩幅を合わしていたふたりは、足裏の感覚で自分たちが石橋に辿り着いたことを確信する。ここからが本番だと決意を固めていたふたりは、しかし――。

――ばちんっ!!　と。

脳内に響いた音と共に、自分たちにかかっていた魔法が消えたことを実感する。

「「――――っ!?」」

驚愕《きょうがく》で開きそうになった瞼《まぶた》を寸前で縫い止めた。視覚無効の魔法が途切れたとなれば開いた視界で待っているのは死の鎌を携えた死霊骸《グリム・リッパー》。橋の半分を渡り切るまでは攻撃してこないはずだが、それもまた情報を繋《つな》ぎ合わせた予測でしかない。

この橋は魔法を無効化する？　しかし先ほどの三角白馬《アルホーン》には魔法が効いていたはず。橋の入り口に術式無効の魔法陣？　それとも魔法使い限定の固有結界？

浮かぶ疑問の答えを予想するが、その全てに意味はない。既に死の橋渡りは始まっており、浴びる威圧を前にすれば、引き返しは死に直結すると本能が告げていた。

「……いくぞ」「は、はい……」

僅かな逡巡《しゅんじゅん》を経た結論に、エヴァがうわずいた声で返事をする。

ゆっくりと、ゆっくりと。一歩、一歩、また一歩。短い歩幅で、都度、地面の感触を確かめるような足取りでふたりは進む。予《あらかじ》め観察した橋の長さはそれほどでもない。普通に走れば十秒で渡り切れるであろう距離……それが……それが、こんなにも遠い！

「はぁ、はぁ、はぁ、はぁ、はぁ、はぁ…………っ!!」

特に、エヴァは限界に近かった。

痙攣《けいれん》しているかのように手足が痺《しび》れ、意志の確認を挟まずに呼吸する喉が震える。足を進める度に心に闇が押し寄せて、どうしようもない妄想が脳を奔《はし》る。

——本当に自分は前へと進めているのだろうか？

——進めていたとしても、この足の向かう先は正しい道へと通じているのだろうか？

——自分は知らぬ内に、怪物の胃袋へと足を進めているのではないだろうか？

視界の消失は、瞼の先の世界に得体の知れない怪物を生み出した。怖い。逃げ出したい。

自分が立っている場所がどこなのか確認したい。この道の果てが正しいのか確かめたい。

かつての決意が揺らぎ、湧き出る弱音が先ほど交わしたヨヨとの約束を遠いものとする。

ドクドクと心臓が喚《わめ》き出し、恐怖はもはや痛みとなって身体の全てを焼いていた。

息が出来ない。身体が熱い。逃げたい。逃げたい。逃げ出したい。

喉がどうしようもなく渇く。手足が意味もなく震える。

その先が死の誘いだとはわかっていた。それでも、心を縛る圧倒的な恐怖が、理知的な結論を、理不尽な暴論によって塗り替える。

「〜〜〜〜〜〜っ」

埋め尽くされた負の願望が、ついに少女の決意を砕いてしまう。

エヴァの足が、止まった。

前へと進む意思よりも、瞼を開けて安心したいという破滅的な欲が上回る。

そうなればもう、転げ落ちるのは早かった。

ゆっくりと、ゆっくりと、ゆっくりと。

少女は瞼を自らの意思で開けようとして——。


「エヴァ」


「…………っ!!」

恐怖の気に敗《ま》けかけた少女、そんな彼女を呼ぶ声が静かに届く。

たった一言の、誰よりも訊《き》き慣れた音の響き。

だが、この瞬間、その声は、乾いた心を潤いに満たす一雫《ひとしずく》の輝きだった。

「ヨヨ、さん……？」

久しぶりに声を発したかのように、震えた喉で震えた声を発する——と同時に、少女の手に温かい感触が重ねられた。

その温《ぬく》もりを無意識に握り返した瞬間――見えなかった瞼の先、孤独な牢獄《ろうごく》となっていた世界の中でエヴァは自分の居場所をはっきりと認識する。

――私は彼の隣にいる。

その事実が、理解が、エヴァに呼吸を取り戻させ、恐怖に抗《あらが》う心の支えとなる。

開きかけた瞼が再び縫い付けられ、死の気配が明確に遠ざかる音が訊こえた。

「………」

まさに、絶妙なタイミングで届けられた言葉。それをまさか偶然などとは思わない。きっと恐怖に敗けそうになった自分を察して、伸ばしてくれた救いの手。また助けられてしまったと、エヴァはちょっとした悔しさと胸いっぱいの頼もしさを覚えて、握った手に力を込める。

すると相手は握られた手に、ぎゅっ、と力を返してから――。

「エヴァ、めちゃくちゃ怖いから手ぇ握っててていいか？」

「ちょっ!!　最後まで格好つけててくださいよっ！」

冗談の類かと思ったが、重ねたヨヨの手は本当に細かく震えていた。と言うか、確認を取る前に既に手は繋がれており、離してたまるかとでも言うかのようにヨヨの指がエヴァの指をきつく絡め取っている。

「………」

なんだかなぁ、とエヴァは思う。

色々と感じていた心配が酷《ひど》く下らないことのように思えてしまった。死を実感するほどの恐怖も、この先輩にとっては手を握るくらいで克服できる、幼い頃に訊いたちょっと怖い怪談程度の認識でしかないのだ。そんなものに怯《おび》えていた自分が馬鹿らしくなってくる。

「仕方ないですね、ヨヨさんは。ちゃんと握っててくださいよ」

「ああ。絶対にこの手は離さない。何があってもだ」

「……できればその台詞《せりふ》、もっとロマンチックな場面で訊きたかったです」

もはや死の橋渡りは、ちょっとした夜道の散歩くらいの感覚へと成り変わった。

恐怖はまだある――が、隣にこの人が居ればどうにかなってしまうだろう。

そんな予感を確信へと変えるように、ふたりは程なくして石橋を渡り終えてしまった。

足裏の感覚でそれを認識したヨヨたちは目を見開き、同時に顔を見合わせる。

「……ふふっ」

「……？　なんで笑った？」

「別に？　ただ、いつも通りだらしない顔をしてるなーって」

「おい」

すぐそこに最強種《グリム・リッパー》が居るとは思えないほど気の抜けた会話が交わされる。繋がれた手は、まだ指同士できつく縫い止められたまま。

「ダンジョン攻略はまだ始まったばかりだ。気は抜くなよ」

「はいっ」

エヴァの返事が響いた瞬間に、死霊骸《グリム・リッパー》の鎌がギラリと輝いた。

それは、死の橋を渡り抜いたふたりの勇者を称えてか。

或《ある》いは、これから待ち受ける彼らの運命を憂いての眼差《まなざ》し代わりの憐憫《れんびん》か。

その真偽を確かめるためにも、ヨヨたちは階段を上り、『邪教神殿《イーヴィル・エイズ》』の二階へと向かう。

彼の言う通り、大切なヒロインを助けるための冒険はまだ始まったばかりなのだから。

＊＊＊

ヨヨたちが『邪教神殿《イーヴィル・エイズ》』の二階へと上るのと同時刻。

アルメナトゥーリでも邪神召喚に抗うための戦いが続いていた。

「メル、ヘルナ、たぶん五分後くらいに邪教種《ヴァイズ》が現れるわ。場所は南東、オルクスの鍛冶工房あたり。行ってきて。八分経《た》っても何も起きなかったら戻ってくること」

「「わかりました!!」」

エプロンドレスの魔女の言葉に、ふたりのメイドが同時に頷く。彼女たちは腕に覚えのある生徒たちを引き連れて、シスタスの指定した場所へと向かった。

そんな彼女たちの背中を見送ってから、魔女は再びテーブルに広げられた戦略図に目を通す。そのアルメナトゥーリの地図にはあらゆる箇所に金貨の塔が積まれており、それらの間を埋め尽くすほどに無数の数式が殴り書かれていた。

シスタス・アル・エウネは、その場における状況を経済に置き換えて判断する。

戦力や距離や時間――戦いの優劣を決めるあらゆる要素を数値化し、それらを数式に当てはめることで場面における利益と損得の見積もりを算出。導き出された結論の中で期待値の最も高いものを機械的に選び取る。

「………」

一秒として同じ状況が続かない戦場では、お金の匂いもあちらこちらで生まれ出《い》でてはすぐ消える。魔女の細く長い指によって、金貨の塔はその高さを幾重にも変えていた。

戦略眼や作戦立案能力においてシスタスは五年生の中でも卓越したものを持っており、指揮官としてならソラナカルタでも最高峰の域に踏み入れているだろう。

だが、優れているが故に――未来視にも近い彼女の予測は、時として残酷な決断を自分自身に強いることがある。

「経営主《オーナー》！　現れた邪教種《ヴァイズ》は撃退できましたが、ヘルナ先輩が心臓を奪われて意識不明です！　それと呪詛《じゅそ》を浴びた数人が昏睡《こんすい》状態に！」

「ヘルナは奥の部屋で休ませてあげて。呪詛を浴びた子たちには急いで祓《はら》い薬を」

シスタスの迅速な指示に、メイドたちがすぐさま動き出す。

冷徹な声とは裏腹に、魔女の内心は焦りで満ちていた。

見下ろした戦略図、そこにはもう金貨の塔がひとつとして聳《そび》えていない。それはつまり、ここから先はどれを取っても『損失しか生まない戦い』であることを意味していた。

「…………くっ」

愛する従業員たちを死地へと送り込む指揮官としての役割に悔しい思いを抱きながら、それでもシスタスは理知的に、損失をなるべく減らす戦術を組み立てる。自分が思考を止めてしまえばこの迷宮街が直《す》ぐにでも陥落してしまうとわかっているから。

「時間はあまりないわ。急いでね、ヨヨくん、エヴァちゃん」

ここは違う戦場で戦い続けている友人と後輩へ。

懇願にも近いエールを送りながら、魔女は計算式を書き殴る。

勝利を信じて抗うこと――それこそが、街の守護を任されたシスタスの戦いだった。

＊＊＊

『邪教神殿《イーヴィル・エイズ》』二階層。

階段を上り切ったヨヨたちを迎えたのは、岩の平野だった。

闇に抱かれた空間は見える世界を暗がりに狭めて、全容の把握を拒んでいる。不気味な白濁色に染まった岩肌にはところどころに血の足跡が残っており、この場所で何かしらの命のやり取りがあったことを示唆していた。

付近に生き物の影はなく、気配も音もない『無』の世界。

否――よく耳を凝らせば、遠くから訊こえてくる音があった。

ザクザク、ザクザク、ザクザク、ザクザク……。

切れ味の良い刃物で肉を切るかのような異音。絶えることなく鳴らされる不思議な響きに、ヨヨもエヴァも疑問符を頭の中で浮かばせる。

「行くぞ、俺から離れるな」

「はい」

しかし、ここで立ち止まっていても仕方がないと、ふたりは歩き出す。

先ほど切り抜けた死の橋渡りほどではないが、それでもダンジョンから放たれる呪詛は強烈な圧を魔法使いたちに与えており、エヴァは二本目となる祓い薬を口に含んだ。

冷たく誘う暗闇の平野に足を進めること数分――。

先にそれを見つけたのはエヴァだった。

「ヨヨさん、あれって……」

暗がりの中、闇色の輪郭で姿を現したのは巨大な『肉の山』だった。

新鮮な血の匂いが周囲には充満しており、それはつまり、その山の素体となった命たちがまだ死して間もないことを意味している。

「おい、どういうことだ……」

だが、それとは別にヨヨは驚きを呟《つぶや》く。

積み上げられた肉の山。それが魔法生物たちの亡骸《なきがら》と言うのであれば疑問の欠片《かけら》は溢《あふ》れなかっただろう。強力な捕食者による狩猟の成果という形で、畏怖を抱きはするが納得も同時に浮かばせることができたはずだ。

しかし、だが。

目の前に積まれた肉の山――それらが全て『加工済みの肉塊』とあれば話は別だ。

かつて在ったはずの獣の姿は忘れ去られ、皮を剝がれ、血を抜かれ、瑞々《みずみず》しい色を維持したブロック塊の肉の群れ。規格外な量と大きさに目を瞑《つぶ》れば、一流の解体屋によって成された調理の下ごしらえと言われても疑えないだろう。

明らかに知性のある生物――それこそ人間レベルの思考を持つ生き物でなければ叶《かな》えられない所業を目にして、ふたりの魔法使いは不理解を脳に刻んでいた。

と、そこで。

ザクザク、ザクザク、ザクザク、ザクザク……。

これまでで最も大きく、あの肉を切る異音が訊こえてくる。

その音の所在は、肉の山の麓にて。

息絶えた巨大な猪《いのしし》を解体する、血塗《ちまみ》れの包丁から訊こえてくるものだった。

「な、なんですか、あれは……」

エヴァが動揺を隠さず口にする。

その包丁は、誰の手にも握られていなかった。

ひとりでに動いている血濡《ぬ》れの刃物は迷いのない手順で皮を剝ぎ、血を抜いて、硬い骨ごとザクザクと肉を断ち切り、次々と巨大な肉塊を生産していく。

魔法喫茶の調理器具たちのように、特殊な魔法が仕掛けられているのだろうか？

浮かばせた疑問に答えはなかったが――ぴたっ、と。

肉を切り落とした形で包丁の動きが止まり、いままで絶えることのなかった異音が途切れる。そのままゆっくりと包丁の切っ先が黒水晶の少女へと向けられて――。


ヒュンッ、と、風を切る音。


「…………え？」

だいぶ遅れて、エヴァから間の抜けた声が溢れる。

その首の皮に、包丁の切っ先が触れたまま静止していた。

首筋から垂れる赤い滴。

ドバッと汗が噴き出し、自分がいま『死』を掠《かす》めていたことを認識。

彼女の運命を死から遠ざけたのは、包丁の柄を握り止めていた黒髪の青年だ。

「お前、俺の後輩に何してやがるんだ？」

普段の少しだらしない声とは違う、温度のない、低く響く声。

無温の怒りを向ける先は巨大な猪の解体場所だ。地を踏む音、空気の乱れ、僅かな生臭さ、小さな情報を繋《つな》ぎ合わせることでヨヨはそこに『目で見ることのできない何か』が居ることを確信する。

それはエヴァの命を狩るために包丁を投げた誰かであり、つまりは敵だ。

解体場所では新たな包丁が宙に浮き、今度はゆっくりとこちらへ近づいてくる。

「ヨ、ヨヨさん……」

「エヴァ、下がってろ」

ヨヨは魔力を熾《おこ》して瞳に纏《まと》わせる。何も見えない。それはつまり『見えない何か』は魔力や術素といった力で透明化を成しているわけではないということ。

次に呪脈視を発動。今度ははっきりと敵の姿を捉えることができた。ゆったりと近づく包丁──それを握るような形で、呪詛が人の姿を構成している。

となれば敵の正体は呪術師、或いは呪いそのもの。もしかしたら、呪いによって色を奪われた魔法使いなのかもしれない。

しかしもはや、それらの違いはヨヨにとってどうでもいい。

エヴァの命を狙った。

その罪ひとつで、ヨヨの中では血も涙も、慈悲も容赦も必要ないと結論が下される。

「──ふっ」

見えない何かとヨヨが地を蹴るのは同時──そして、決着も一瞬だった。

爆発めいた踏み込みで互いの距離を溶かしたふたりは、手にしていた包丁を鏡合わせのように前へと突き出す。それぞれの刃の切っ先が相手の頭に突き刺さる──その寸前に、ヨヨが手にしていた包丁のみ闇に溶けるようかのようにスッと消えていった。

呪詛によって編まれた武器は呪術師の意志によって自在に呪脈にしまうことができる。

残念だったなと——透明な何かがそう笑った、ような気がした。

そんなもしかしての笑顔には既に、ヨヨの拳が叩《たた》き込まれていた。

「カラクリもわかってねぇ敵の武器を、そのまま使う魔法使いがいるかよ」

呆《あき》れた指摘と共に振り払われた拳は、見えない何かの身体《からだ》を正確に殴り飛ばした。

ヨヨがしたのは自らの重心のみを敢《あ》えて後ろへとズラし、衝突の機を半歩遅らせること。

手にしていた包丁が呪詛によって構成されていたことを見抜いていたヨヨは、敵がこの刃物の性質を利用することを確信していた。

不自然な体勢で伸ばした腕に包丁を持たせることで、相手の攻撃を誘発する。しかし、重心が後ろにあったヨヨには敵の攻撃が届かない。あとは無防備な状態で手を突き出した透明な何かの懐に潜り込み、拳を叩き込むだけ。

予《あらかじ》め無詠唱で『呪詛払い』の魔術を乗せていた殴撃は、人の姿をした呪詛を闇に溶かし、その輪郭ごと虚空に消していく。

終わってしまえば呆気《あっけ》なく——ただ、そこに込められた戦闘技術は果てしない。

「…………」

エヴァは魅入るように、或《あ》いは見惚《みと》れるように、その戦いを見届けていた。

自分を守ってくれた先輩の強さ——その背中に憧れと、果てしない距離を感じながら。

いつかは追いつきたいと思っているその強さがあまりにも遠く、憧れることは許されても、手に入れたいと願うことは傲慢なのではないだろうか。

劣等感にも似た感情が心を埋め、ついその場に立ち尽くしてしまう。

「エヴァ、こっちにきてくれ」

しかし、ヨヨに手で招かれてエヴァは意識を切り替えた。

そうだ。いまは自分の憧れなどどうでもいい。どんな形であろうとも、この恐ろしいダンジョンを攻略し、その果てに待つ親友の元へと辿《たど》り着くのだ。

ぱんっ、と頬を叩き、気合を入れ直したエヴァはヨヨの元へと歩み寄る。

「どうしたんですか、ヨヨさん？」

「これを見てくれ」

ヨヨが示したのは肉の山の麓に落ちていた幾つかの石板だった。おそらくは地面になっている岩を削り取って作ったものだろう。

それらには釘《くぎ》のようなもので引っ掻《か》く形で、大陸共通語の文字が彫られていた。

『死にたくねぇ。俺は死にたくねぇよぉ！』

『十二時になったらアイツらが現れる。腹を空《す》かしたアイツらがよぉ！』

『喰《く》われたくねぇ。だから俺はここで『料理』を作るしかねぇんだ！』

それは日記、なのだろうか。

悲鳴のような文章は、その感情が込められてるためか力強い筆圧で彫られている。

『この台所には幾つかのルールがある。忘れねぇように書き残さなきゃ。身体はもう喰われちまった。ヘタをこいたら、今度は魂まで喰われれちまうよぉ！』

そこまで読んでヨヨたちは日記の制作者を察する。

身体のない存在。魂のみの料理人。

それはきっと、先ほどヨヨが戦った目に見えない無色の呪詛こそが当てはまる。

「エヴァ、いまが何時かわかるか？」

「はい、えっと……十一時三十分ですね。十二時まではあと三十分」

懐からペンダント式の時計を取り出したエヴァが言う。

ふたりは直感していた。

この三十分は一秒として無駄にできない。台所と称されたこの場所のルールを理解できなければ、自分たちはあの無色の料理人と同じ運命を辿るのだろう。

「ここらへんの石板をぜんぶ集めよう。作戦会議はそのあとだ」

「はいっ」

即座に行動に移したふたりは石板を急いで集め始めた。枚数にすれば十九枚。そのほとんどがこの暗闇の台所が孕《はら》むルールについての記述であり、一文字も逃すまいと目を通したふたりは確認の意味も込めて言葉を交わした。

「ルール一、十二時になったらこの場所に『暴食』属性を持った魔法生物が現れる。それも大量に」

暴食属性とは、特殊な魔法生物が有する大罪性質のひとつを指す。大罪を有した魔法生物は例外なく強力な戦闘能力を有しており、それが大量に現れるとなればソラナカルタ五年生のヨヨでもまともな戦闘は避けるのが得策だろう。

「ルール二、空腹を満たすことができれば魔法生物たちは帰っていく。同時に全ての魔法生物を帰らせることができれば、三階へ上るための階段が現れると」

つまり、ルナが待つ最上階を目指すヨヨたちにとって条件の達成は必須項目に挙げられる。ちなみに無色の料理人は『どんな恐ろしいことが待ってるかもわかんねぇのに上を目指すなんてありえねぇ！』と、自発的にこの階層に止まっていたようだ。

「ルール三、魔法生物にはそれぞれに好みがあって、適した調理を施した料理でないと食べてくれないみたいですね」

このルールこそが、この場所を台所と呼ばわす最大の理由なのだろう。

肉の山の近くには火の魔石を集めた即席の囲炉裏《いろり》、石を素材として作られた巨大な寸胴《ずんどう》鍋やフライパンなどの調理器具が一通り揃《そろ》っていた。

「ルール四、魔法生物は眠りを邪魔されることを何よりも嫌う。飯の匂いはヤツらの安眠の邪魔をする。料理を始めていいのは魔法生物が現れてからってことだな」

細かいルールは他にもあったが、おおまかにまとめれば重要なのはこれら四つの決まりごとだ。おそらくは無色の料理人が文字通り心身を削って暴いた台所のルール。何よりも生にしがみ付いていた存在だったが、その引導をヨヨが渡してしまった。

同情はするが、後悔はない。弱肉強食の摂理は魔法世界の絶対のルールなのだから。

「つまり次々に現れる魔法生物を判断して、適した料理を作り、それを届けると。まるで怪物をお客さんとした魔法喫茶だな。エヴァ、お前、料理は作れるか？」

「ふっ、愚問ですね。――作れませんよ、これっぽっちも」

「なんで自信満々なんだよ……」

がっくりと肩を落としてみるが、その回答は予想の範疇《はんちゅう》だった。

魔法喫茶のアルバイト風景を見ていれば、エヴァに家事の心得がないのは明白だ。

「料理は俺が作る。注文と配膳は任せたぞ、新人メイドのエヴァリーナ」

言ってヨヨはポケットから調味料の入った幾つかの小瓶を取り出した。ソラナカルタの制服であるズボンのポケットは、対象者の魔力に応じた空間拡張の魔法が施されている。五年生のヨヨの魔力量ならちょっとした物置くらいの量を収納可能だ。

「ヨヨさんは料理ができるんですか？」

「よく一緒に迷宮に潜ってたパートナーがな、何でも食材を黒コゲにしちまう火力バカでよ。料理は俺の担当だった」

そのくせにやれ味が薄いだの、デザートが欲しいだの注文ばかりは一丁前だった彼女の態度にイラついていたのを覚えている。懐かしい思い出に少しだけ笑みを漏らしたが、頭を振ってすぐに思考をいまへと切り替えた。

「暴食属性を持った魔法生物は強い。このあとに邪教種《ヴァイス》との戦いが待ってることを考えると戦闘はなるべく避ける方向でいきたい。基本的にはこの台所のルールに従うこと。何か予想外のことがあったら俺のところに逃げてこい。絶対に無理はするな」

「はいっ」

返事と同時にどこからか、ゴーンゴーン、と大鐘塔《グランドベル》に似た音が訊《き》こえてきた。エヴァが手持ちのペンダント式の時計に目をやれば、両の針が真上に重なっている。

十二時。怪物たちの目覚めの時間。そして——。


グルルルルルルルルルルルルルルルルルルルル…………ッッ!!


幾重にも交じった、空腹を訴える魔法生物たちの唸《うな》り声《ごえ》。

闇の奥より響く怪物たちの咆哮《ほうこう》には、空気を震わせるほどの圧力があった。

ビリビリと肌を叩く剝《む》き出しの覇気は、ヨヨたちからすれば悪質な苦情《クレーム》に他ならない。

飯をせっつく礼儀知らずの客たちを迎えて、彼らの魔法喫茶が始まった。

「準備はいいな、エヴァ。一日限りの魔法喫茶《クロード亭》の開店だ」

「……もう少しいい名前はなかったんですか?」

「いいだろ、別に」

エヴァの指摘をあしらいながら、ヨヨは魔石たちに術素を込めて火を熾す。初級の水魔法で鍋の中身を満たし、同時に大量の肉塊を放り込んだ。時間のかかる料理の仕込みを優先し、手を動かしながら頭の中で最適な行動手順を組み立てる。

「ヨヨさん、『牛大鬼《ミノタウロス》』です！」

暗闇に目を凝らしていたエヴァが声を張り上げた。

黒水晶の瞳で捉えたのは、闇を掻き分けるように現れた巨大な牛人の怪物。隆起した筋肉を見せつける牛頭の亜人種である。暴食属性の顕れか、歯を剝き出した口元からは大量の涎《よだれ》が垂れており、喰らう獲物を探すように血管の浮いた眼球がギョロリと動く。

「――」

ヨヨは台所に転がしておいた石板に目を通した。――『牛野郎は何でも食うから調理はいらねぇ。適当な肉をやっておけば満足して帰っていく』。

ヨヨは積まれた肉塊の幾つかを呪文で皿へと送り、結構な重量となったそれをエヴァへと差し出した。

「エヴァ、こいつを運んでくれ！」

「わかりました！」

肉塊を積み上げた皿を器用に片手で持ち上げたエヴァが駆け出した。メイドの経験がなければ皿を落としていたであろう速度。予想外のところで予想外の経験が役立ったが、ソラナカルタの迷宮ではよくあることだ。

あまり近付きすぎない適度な位置に皿を置き、エヴァは後退して距離を取る。

牛大鬼《ミノタウロス》はのしのしと歩き、皿に乗った肉の一枚を手に取るとすんすんと鼻を鳴らした。それから大きく口を開けて、太い歯でもちゃもちゃと咀嚼《そしゃく》を繰り返す。そのままごくりと飲み干せば、次の肉へと手を伸ばした。

食事へと注意を逸《そ》らすことに成功してひと息つくのも束《つか》の間《ま》。再び暗闇を掻き分けて、次なる空腹の客がヨヨたちの魔法喫茶へと来店する。

「ヨヨさん、『斑鎖の蛇《エメルナンド》』と『毒霧河馬《アルウ・ブー》』です！」

「ヤベェ奴《やつ》ばっかだな、おい！」

出された名は一階の死霊骸《グリム・リッパー》ほどではないにしても三層のダンジョンには決して適さない危険度を有した魔法生物。改めてこのダンジョンの異常性を再認識しながら、ヨヨは目を通した石板の文章に舌打ちを漏らす。毒霧河馬《アルウ・ブー》に必要なのは煮込み料理だった。

「エヴァ、調理に時間がかかる！　うまく気を逸らせるかっ？」

「やってみます。──『高鳴る音よ《エルトーン》』ッ！」

呪文に呼応して、暗闇に金板楽器《メタルフォン》の響きに似た高音が弾《はじ》けた。

不可解な音の響きに二体の魔法生物はその注意を黒水晶の少女へと向ける。エヴァは動き回ることでその狙いを散らし、時おり交ぜる音魔法で認識を惑わせた。少女を追いかける暴食の魔法生物たち──その姿はまさに、ウェイトレスの先導で席へと誘われる客の姿を想起させる。

しかし──。

「くっ……！」

元より一年生が相手するには荷が重い相手。逃げに徹したとしても、その脅威がいつ達してしまうかもわからない。一通りの攪乱《かくらん》に慣れてしまった蛇の一撃がエヴァへと襲い掛かりそうになる——その刹那。

「——『原初の風よ《フーラン》』ッ」

割り込んだヨヨの風魔法が、襲いかかる攻撃ごと斑鎖の蛇《エメルナンド》の身体《からだ》を押し返した。ついでとばかりに毒霧河馬《アルウ・ブー》の毒息も巻き込んで、蛇の魔法生物はその場をのたうち回る。

「ヨヨさんっ！」

「前に出過ぎだ、無理はするなと言っただろ。陽動を変わるから、台所に戻って料理を取ってきてくれ。煮込み料理と骨付き肉だ」

己の不手際に少しだけ顔を顰《しか》めたエヴァだったが、すぐに頭を切り替えて台所へと駆け出した。そうして持ってきた料理たちを魔法生物たちの目の前へと置く。

一度敵対した魔法生物が素直に食欲を優先してくれるかと不安だったが、我先にと肉へと食らいつく様で杞憂《きゆう》だったと安心を漏らした。きっとこれこそが大罪属性の条理なのだろう。強大な力を有する代わりに、己が背負う大罪には逆らえない。もしかしたらこれらの魔法生物たちは四肢を捥《も》がれようとも食事を続けるのかもしれない。

そんな予感を抱きながらヨヨは再び調理へと戻り、エヴァも本来の役割へと戻る。

もはや耳慣れた空腹の唸りと共に、次なる客が現れた。

滴る汗を拭ってからエヴァは再び注文へと走り、ヨヨは石鍋を振り回す。従業員がふたりだけの魔法喫茶は、まだまだその暖簾を下げるわけにはいかないようだ。

そして、注文からの調理と配膳を繰り返すこと一時間余り――。

積み上げられた肉の山はもはや数えられるほどの量しかなく、それはつまりヨヨたちの魔法喫茶も閉店を迎えつつあると言うことを示していた。

「ヨヨさん」「ああ――」

幾度となく迎えた来客の気配。暗闇を掻き分けて現れる異様を前にして、ふたりの従業員は新たな客の姿を確認する。

「――『肉喰い鶏《バルブ・コッコ》』ッ」

「それもとんでもねぇ圧だな。最後の最後に面倒くせぇ奴が来たもんだ」

現れたのは巨大な鶏の魔法生物だった。羽毛を盛り上げる胸肉には歪《いびつ》な偏りがあり、その超重量を支えられるとは思えない二本の細足が岩の地面を踏み締めている。キョロキョロと首を素早く振り、その黄色い目がヨヨたちを見つけた瞬間――。

『――――――――――ッッッ!!』

「「――っ!?」」

肉喰い鶏《バルブ・コッコ》から放たれた高音の鳴き声が、衝撃波となって襲いかかる。咄嗟《とっさ》に目の前へと張ったヨヨの防壁魔法がその振撃を緩和させるが、エヴァの指先がじわりと黒く染まった。

「鳴き声に呪詛《じゅそ》……天然の呪い持ちか！　エヴァ、祓《はら》い薬を飲め！」

「はいっ！」

エヴァは小瓶を取り出し、その中身を一気に呷《あお》る。

指先の黒色が引くのを確認しながら、ウェイトレスは料理人へと問いかけた。

「ヨヨさん、肉喰い鶏《バルブ・コッコ》の料理は？」

「卵を使った肉料理だとよ。しかもその卵はアイツ自身が産んだものじゃないといけないらしい。相変わらずこのダンジョンの生き物はブッ飛んだ生態を持ってやがる」

鶏卵はその栄養価から多くの生物に狙われる定めにあるが、その捕食者の対象に生み出した本人すらも巻き込んでしまうのは些《いささ》か残酷な摂理ではなかろうか。

だが、そんな歪な生態に頭を悩ませる時間などこのダンジョンではありはしない。ヨヨは一歩前に出て、庇《かば》うような立ち位置のまま後輩へと声を投げる。

「アイツに卵を産ますには胸のあたりをブン殴る必要があるらしい。あとのことは俺に任せろ。ここまでよく頑張ったな」

労《ねぎら》いの言葉を残し、ヨヨは地を蹴った。

眼下を這《は》い回る人間を肉喰い鶏《バルブ・コッコ》も敵と見定めたのか、鋭い蹴りでその命を踏み潰そうとする。鋭利な爪を有した魔鶏の踏み下ろしを、ヨヨは速度の緩急によるフェイントで空振りに終わらせた。

「――ハッ!!」

そして胸を狙うために跳躍したヨヨは魔力を拳に纏《まと》う。威力よりも速さを優先した肉体強化。必要なのは敵の打倒ではなく『胸への一撃』を成功させること。

『────────ッッッ!!』

「ちっ……!」

しかし、再び放たれた咆哮が、空中にいたヨヨの身体を吹き飛ばす。

うまく身体を捻《ひね》ることで体勢を整えながら着地するが、見上げた時にはもう魔鶏の鉤爪《かぎづめ》が目の前にまで迫っていた。

「──ふッ」

思わず退《さ》がりそうになった身体を前へと傾けて、爪の一撃を潜《くぐ》り抜ける。魔鳥類の蹴りは『伸びる』ことで有名だ。もし後ろに退がっていたならば、どんな痛手を負わされていたかわからない。

結果として背後をとったヨヨは振り向きざまの肉喰い鶏《バルブ・コッコ》の胸に向かって再び跳躍する。

今度は『音を散らす』目的で、自身に風の魔法を纏いながら。

『────────ッッッ!!』

「くっ……!」

だが、放たれた咆哮はヨヨの予想を上回り、うまく音を散らし切れない。音という次元を超えた破壊の衝撃波は空中にいた魔法使いをじわじわと押し返す。策の失敗を認めたヨヨは仕切り直すために纏う風の魔法を解除しようとし──だが、その途中で。

「──『高鳴る音よ《エルトーン》』ッ!!」

背後から訊こえたエヴァの魔法が甲高い音をかき鳴らす。本来であれば注目を集めるための音魔法。だが戦闘中の相手が対象となればその効果も半減――否、それ以下にまで薄められるだろう。事実として、ヨヨを見定めたままの魔鶏は意識の一切をエヴァへと向けない。このままではただの耳障りな音を鳴らしたのみだ。

しかし。

「――――――――――ッッッ!!」

『――――ッ!?』

高鳴る音に変化が生じ、その響きが『肉喰い鶏《バルブ・コッコ》の咆哮』へと似せられた。

これには魔鶏も反応を示し、目の前にヨヨが居るにも拘《かか》わらず、首を伸ばし、黄色い目で黒水晶の少女を睨《にら》む。生物にとって同種の咆哮は即《すなわ》ち『縄張りの宣言』である。いくら魔を司《つかさど》る生命だとしても、動物としての本能には抗《あらが》えない。

「ハァァッ!!」

意識が逸れ、音の衝撃が弱まったことを実感したヨヨは風の魔法で背中を押し、魔鶏の胸元に一撃を叩《たた》き込む。ごとん……と、肉喰い鶏《バルブ・コッコ》の臀部《でんぶ》から巨大な卵が転げ落ちた。

「ヨヨさん、私が注意を引きつけます！　いまのうちに料理を！」

再びの音魔法で放つ二度目の擬似咆哮。今度ばかりは許さないと、肉喰い鶏《バルブ・コッコ》は怒濤《どとう》の勢いでエヴァへと駆けた。

「無茶しやがって……」

後輩の独断に顔を顰めながら、それでもヨヨはその献身に応えようと調理に入る。

台所まで戻る時間も惜しいと、強靭な卵の殻を踵落《かかと》としで砕いたヨヨは溢《あふ》れ出した黄身を浮遊魔法で宙へと浮かせ、火炎魔法で炙《あぶ》り始めた。同時に焼いておいた残りの肉塊を風魔法で切り刻み、凝固を始めた卵と絡めていく。

ひとつひとつは単純な初級魔法だが、これだけの魔法を同時並行で展開するのはソラナカルタ五年生のヨヨでも簡単ではない。浮遊させる座標を誤れば、炙る火加減を間違えれば、せっかく手に入れた食材たちが無残な黒色へと果てるだろう。

急げ急げ急げ、早く早く早く――だが、決して違えるなっ！

「――よしっ!!」

魔法を止め、料理の完成を認めたヨヨが振り返る。

見えたのはボロボロの有り様で逃げる後輩の姿。放たれる魔鶏の蹴りが少女の身体へと迫るのが見えた瞬間――もはや思考すらを挟まずに、その足は駆けていた。

ザズッッッ!! と。

魔鶏の爪がヨヨの脇腹を掠《かす》め、血の華が辺りへ咲き散った。それでも足で大地に根を張り、巨体の鋭爪を肉体で受け止める。ズザザザッ、と岩の大地に摩擦を走らせながら、やがて止まった相手に対し、ヨヨは血を吐きながら言って見せた。

「肉喰い鶏《バルブ・コッコ》の卵肉料理《ピカタ》、おまちどう」

調理工程に大分の省略があるため卵肉料理と言うには本職の料理人に怒られそうだが、

この状況下でそんな差異に苦言を漏らす人物などどこにもない。

大罪の摂理。獲物を狩るためにあれほど猛《たけ》っていた肉喰い鶏《バルブ・コッコ》も、目の前に料理が出されれば一目散に嘴《くちばし》を立て始める。最後の客へと料理を出し終えたヨヨは「ふぅ」と緊張を解き、そこでようやくじくじくと痛みを発する脇腹の惨状に気が付いた。

「ヨヨさん、早く治療を……ふへぇっ!?」

だが、その痛みを些末事《さまつじ》へと押しやるほどに、ヨヨにはやることがあった。

慌てた表情で近寄ってきた後輩の両頬にピタンっ！　と手をやって、もちもちのほっぺたをむに～～っと横へ伸ばす。

「にゃ、にゃにするんですか、よよひゃんっ!?」

極上のマシュマロを引っ張りながら、呂律《ろれつ》の回らないエヴァの苦情を耳にやり――そこでヨヨは絞るような感情を声音に宿しながら口にした。

「無茶はしないでくれ。ルナもお前も、俺にとっちゃもうかけがえのない後輩なんだ。……お前たちになんかあったら、俺はきっと、もう一度なんて立ち上がれねぇ……」

「…………」

まるで泣き出してしまいそうな先輩の顔、その心より漏れ出た疑いすらも挟めない悲痛の言葉を前にして、エヴァの中に確かに芽吹く。心配をかけたことによる謝罪と、ほんのちょっとの甘い心の疼《うず》きを。

己の存在を揺るがすと、そう言葉にされたほどの想《おも》いが向けられている事実に頬が火照るのを避けられない。出来ることならば顔を背けて照れる心を隠したいが、頬を摘《つま》まれたままではそんな逃避は許されない。

と、そこで——がごんっ!! と。

いつの間にか客の居なくなっていた台所に、石の階段が落ちてきた。

ぴしゃんっと頬を打ってマシュマロの感触を堪能し切ったヨヨは、傷ついた脇腹に回復薬《ポーション》をかけながら今後の方針を口にする。

「少し休んだら上を目指そう。余った肉で賄い料理を作ってやる。要望はあるか？」

再び台所へと戻ったヨヨが火の魔石を熾《おこ》す。傷だらけの身体《からだ》で料理をしてもらうことに罪悪感を覚えるが、調理を覚えていない自分ではその手伝いすらできやしない。

このダンジョンから帰ったら料理の練習をしようと密《ひそ》かに決意していると、石鍋を振るっていたヨヨからこんな言葉が飛んできた。

「しかしまあ、あれだな。こんな客はもう勘弁だが……いつかこんなふうに、ふたりで魔法喫茶でもやれたら楽しそうだな」

「…………っ」

声にならない吐息を漏らして、エヴァは頬を赤く染め直す。

そんな未来がないことは明白だ。魔導を目指した魔法使いたちに、そのようなありふれた安寧《あんねい》が待っているとは到底思えない。想像の中で組み立てた仮定の未来。本来であれば鼻で嗤《わら》うような妄想劇。

——でも、そんな『もしかして』を頭の中で描いてしまった。

キッチンで料理を作るヨヨ。そんな彼へと注文を伝えるウェイトレス姿のエヴァ。明白な色を孕《はら》んだ幻は、その全てがかけがえのない笑顔によって彩られていた。

「ん、どうした、エヴァ？」

「な、なんでもありませんよっ」

問いかけられたエヴァは、ぶんぶんと首を横に振った。

知られたくない。こんなありえない妄想を大切に抱きしめている、そんないまの自分を見られたくない。こみ上げる気恥ずかしさを隠すように、頬を染めたままのエヴァはそっとヨヨから顔を背けるのであった。

第四章 ♦ 『それは勇気のプロローグ』

――エヴァリーナ、キミは魔術剣士にはなれないよ。


あの時の父ははっきりとその言葉を口にした。

余計な希望やほんの僅かの可能性すら挟まない、絶対的な否定を以《もっ》て。

だが当時のエヴァはその言葉を受け入れることを拒絶した。諦めることを拒み、努力することで現実を騙《だま》し、思考を放棄して甘い夢に浸《つ》かり続けた。

でもそれは、小さくて無邪気で純粋だったからこそできたちっぽけな子供の反抗。

でも、いまは――現実の残酷さを知り、理想の果てしなさを知り、魔法の理不尽さを知ってしまったいまのエヴァリーナ・レ・ノールならば。

わかってしまう、父の吐いた言葉の意味。

自分では決して夢に届かない、その根拠を説明できてしまう。

術素とは、魔法使いが属性魔法を使う際に消費する不可視の色素成分のことを指す。

代表される六つの固有色にはそれぞれに属性があり、赤の術素は火、青の術素は氷、緑の術素は風、黄の術素は雷、白の術素は光、黒の術素は闇を司っている。

術素は大気の中や土の中、水の中や火の中など様々な所に存在し、魔法使いたちはそこらに浮く術素を拾い上げて属性魔法を組み上げるのだ。

そして当然、属性魔法を編むためには適した術素を拾い上げる必要があるのだが、その認識は魔法使いの才能に依《よ》ってしまう。生まれながらに適性を持たない術素に関しては、その系統の属性魔法を扱うことができないわけだ。

一般的な魔法使いならば適性色は二、三色ほど。今年度のソラナカルタの入学時に実施された術素適性調査では、新入生の適性原色の平均が四色という結果が出た。

だが世界には稀《まれ》に術素適性を持たない魔法使いが生まれることもあり、魔法学校ではそうした人物のことを『色なし』という差別用語で指すことが問題視されている。

そして、定義を確認しよう。

魔術剣とは『属性を纏《まと》った剣』の総称だ。

術素を吸い込んだ魔力を込めることにより、その剣撃に属性魔法を付与させる。そうした剣を扱う者のことを、この世界では魔術剣士と呼ぶのだと。

この事実を知ったとき、エヴァの目の前は真っ暗になった。

術素に愛されていない。

この言葉の残酷さをようやく知り、生々しい感情が心の中で唸《うな》る。幼き頃に憧れた、輝かしい騎士の姿がバラバラになって砕けていく。その音を確かに訊《き》く。

「――――」

だが、少女は少しばかり諦めが悪かった。

砕け散った夢の欠片《かけら》を拾い集め、パズルのように組み立てる。罅《ひび》だらけとなった憧れを捨て去ることの出来なかった少女は、今日も明日も剣を振る。

その剣を、魔術剣と呼べる日が来ないことを知っていながら。

それでも少女は、剣を振り続けていた。

＊＊＊

『邪教神殿《イーヴィル・エイズ》』の最上階にて――。

脈打つ心臓を祭壇に捧《ささ》げていた邪教種《ヴァイズ》は、苛立《いらだ》たしげに黄色の瞳を揺らしていた。

偉大なる神を降ろすために『血』を手に入れるまではよかったのだが、それに対して『心臓』の収集がうまくいっていない。

儀式に必要な量を考えると、目の前の成果では目的の達成にまったくもって届かない。

理由はわかっている。

ニンゲンたちが街に引きこもったからだ。

元よりあの街は『見えない壁』のせいで侵入することが難しかった。それでも強引に突入することは可能だったが、そうして乗り越えた先に待っていたのはニンゲンたちによる不思議な力の集中放火だ。

まるでジブンが現れるのを予期していたかのような待ち伏せ。

邪神の加護はニンゲンたちの操る不思議な力をある程度は無効化するが、それにも限度があり、あれほどの数を相手するのはいくらなんでも難しい。

特にひらひらの服を着た雌の個体。あれは『強い』。

ニンゲンたちの攻撃を掻《か》い潜《くぐ》り、そのまま蹂躙《じゅうりん》へと持ち込めそうになった時、いつものひらひらの雌が現れて邪魔をしてくる。ヤツが扱う不思議な力は他のニンゲンたちとは比較にならないほど強力であり、何度も受けてしまえば身体が砕けてしまうだろう。

だから邪教種《ヴァイズ》はその度に撤退を余儀なくされていた。

祭壇に供えた心臓を見る。足りない。これではまったく足りない。

手間ではあるが、またあのニンゲンたちの街へと行かなければならないようだ。


『――――』


と、そこで『下』のほうから、二匹のニンゲンの気配を感じた。

邪神の加護を受けた邪教種《ヴァイズ》には、神を降ろす目的を持ったこの神殿の全容を感覚的に把握することができる。

蠢《うごめ》く気配は二階を超えて、三階へ。

ちょうどいい――と、邪教種《ヴァイズ》は黄色の瞳を躍らせた。

『そこ』はジブンの狩場だ。どんなに強力な不思議な力を持っていようとも『そこ』ならばジブンが敗《ま》けるはずがない。

確信の未来を描いて、邪教種《ヴァイズ》はその身体を闇へと溶かしていった。

無知なニンゲンの身体から、ふたり分の新たな心臓を手に入れるために――。

＊＊＊

『邪教神殿《イーヴィル・エイズ》』三階層――。

階段を上り切ったヨヨたちを迎えたのは、何本もの巨大な蔦《つた》が蜘蛛《くも》の巣のように張り巡らされた、宙に浮かぶ迷路のような場所であった。

「ヨヨさん、この植物は……？」

「……『呪い蔦《アルミントール》』だ。祓《はら》い薬を飲んでおけば呪われることはねぇと思うが、そう長居する場所でもねぇのは確かだな。急ごう」

言葉の通りヨヨを前にしてふたりは呪い蔦《アルミントール》を上り始める。複雑に絡まった蔦たちは空中で幾つも混じり合い、多くの分かれ道を魔法使いたちに強要していた。ふと下を見てしまったエヴァは、奈落の底に無数の真っ赤な眼球が輝いていることに気付いてしまう。獲物が落ちてくるのを待ち望む怪物たちの荒らぶる視線を浴びて、思わず声を上げてしまった。

「ひっ!?」

「油断するなよ。あんだけの量の魔法生物を相手にしちゃ魔法使いだって紙屑《かみくず》も同然だ」

魔法少女の怯《おび》えを嘲るように、足元の蔦から生えた小さな黒花が『きひっ、きひひっ』と歪《いびつ》な嗤い声を漏らしていた。

周囲に生物の気配を感じないがこれまでの経験からして、ただの蔦上りこそがこの階層の孕む危険だとは思えない。全方位へと意識を張り巡らせながら、絡み交じる蔦の道を上ったり降りたりすること十分余り——。

「ここは……？」

エヴァの呟《つぶや》きと共に辿《たど》り着いた場所。そこは幾つかの蔦が絡み合うことでちょっとした足場を形成する自然の広間。まるで闘技場を思わせるその場所には観客代わりの黒花が咲き乱れ、不気味な笑い声を合唱している。

そして——。

「邪教種《ヴァイズ》……!!」

闘技場の中央にはソレがいた。黄色の瞳を揺らした闇色の異形。悪《あ》しき神を降ろすためにその生を使い切ることを望んだ邪悪なる教徒。この状況を生み出した全ての元凶。

その存在を認めた瞬間、ヨヨは地を蹴っていた。

「エヴァ、隠れてろ！　コイツは俺がやる！」

発した忠告が結ばれると同時——蹴躓《けつまず》かんばかりの疾走で蔦の上を駆け抜ける。瞬く間に敵との距離を溶かし、眼前へと迫った異形を倒すため、ヨヨは蔦の地面を強く踏み込んだ。鈍く重い音、弾ける衝撃、そこから生じた勁《けい》が足裏から上り、既に構えた拳へと移動する——だが、その拳が振るわれる前に邪教種《ヴァイズ》が漆黒の腕を横に薙《な》いだ。

「なっ……！」

瞬間——ヨヨの踏み締めていた蔦が破壊され、身体《からだ》が空《くう》へと投げ出される。

踏み締めていた軸足ごと身体が落下を始め、風を切る音が鼓膜を暴れた。重力という世界のルールから身体を逃がすため、視界の端に映った蔦を強引に摑《つか》んで落下を止める。

ぶらぶらと片手で蔦にぶら下がりながら、いまの蔦の破壊にエヴァが巻き込まれていないかと視線を回すと、黒水晶の少女は影響の起きていない場所にまで上手《うま》く退《さ》がってくれていたようだ。

ほっ、とするのも束《つか》の間《ま》——刹那的に察した危機感に従い、身体を捻る。一瞬前までヨヨの首があった場所を闇色の触手が駆け抜け、制服の襟が僅かに削がれた。

「ふん」

掠めた死の恐怖を頭の隅に蹴飛ばし、ヨヨは蔦の上へとよじ登る。だが一息つく暇すらなく、頭上から触手の雨が迫っていた。遥《はる》か上方にてヨヨを見下ろす邪教種《ヴァイズ》は、まるで獲物を甚ぶることに悦を覚えた良からぬ狩人《かりゅうど》のように黄色の瞳を爛々《らんらん》と輝かしている。まさに邪教の使徒に相応《ふさわ》しい醜悪な愉悦顔だ。

「あまり好き勝手できると思うなよ？」

蔦を駆け抜けながら触手の雨を掻い潜る。ただ闇雲に駆けるのではなく、重力魔法とカラキミ流の歩術を交ぜることにより、ヨヨの身体はまるで残像かのように揺らいでいた。

並の生物ではその姿を捉えることすら難しいだろう。

だが――。

「またか……っ」

邪教種《ヴァイズ》へと迫るために駆け上っていた蔦の足場が再び崩れていく。

今度は崩壊の最中に跳躍することで落下を免れたが、空中で見下ろした蔦の迷路はヨヨの想定をだいぶ――いや、かなり掛け離れた動きをしていることに気付いた。

「なるほど……ここは、お前のお気に入りの狩場ってことか」

結論は単純だった。

崩れたと思っていた足場を含め、蔦の迷路そのものが明確な意志のもとに動いている。足場だった蔦は壁に、天井に張っていた蔦が足場に。流動的に、滑らかに。淀《よど》むこともなく整列していく呪い蔦《アルミントール》は、疑う余地もなく邪教種《ヴァイズ》にとって有利な戦場を作っていく。

この場所に来て思った蜘蛛の巣という印象はあながち間違いでもなかったのだろう。獲物を絡めとる蔦の迷路。巣に捕まった羽虫に、その主の牙を阻む手段などない――。

こちらを見つめる黄色の瞳が、そう語っているような気がした。

「……挑発には乗らねぇぞ」

ヨヨは頭を冷やし、状況の分析を開始した。

邪教種《ヴァイズ》を目にした瞬間、頭に血が上り単純な突撃を繰り返してしまったがそれは本来のヨヨの戦い方ではない。状況を分析し、想像の中で戦いを展開し、無数の選択肢の中から最適解を選び続ける。そうした考える姿勢こそが、ヨヨの魔法使いとしての本質だ。

「…………」

思考の海に潜り、無数の可能性に手を伸ばす。

考えろ。散らばった情報を組み合わせ、勝利の方程式を弾《はじ》き出せ。

不可能なんてない。

だって魔法は、星に手を伸ばすために授けられた輝かしい奇跡の力なのだから。

＊＊＊

その状況に、エヴァは心の中で疑問を叫んでいた。

——どうすればいい？

——私は、どうすることが正解だ？

浮かべた問いの答えが見つからない。もしくは、明確な答えなんてものが存在しないのかもしれない。

目の前で繰り広げられる戦闘の、そのレベルの違いに自分の小ささを思い知らされる。

目まぐるしく変わる戦場、蠢く蔦の動きに振り落とされないだけで精一杯の自分では
きっと、彼らの戦いの、その認識にすら踏み入れられていない。事実として邪教種《ヴァイズ》はその
悍《おぞま》しいまでの興味をヨヨに向けたまま決して離そうとしなかった。

一年生の自分では決して立ち入ってはいけない領域。

おそらくは何かやれることを探している、この思考にすら意味はない。戦いに加わることすらできないのであれば、自分は物語を読むだけの読者の立場からは離れられない。もし出来ることがあるのなら、それはきっと、ヨヨの勝利を願うことのみだろう。

『魔法使いの強さってのにはその根底に『考える力』ってのがある。』

だが、そんな思考放棄を、いつかのヨヨの言葉が否定した。

修行の日々が記憶の中で目を開けて、先ほど浮かべた甘い妄想に線を引く。

「…………」

ゆっくりと、小さな子供が手を伸ばすかのように、思考の再起動が始まった。

やるべきことはないかもしれない。できることもないかもしれない。

それでも、考えるのを止めることだけはしちゃ駄目だ。

彼の弟子を名乗るならば、その訓《おし》えに背くことだけは許されない。

「ヨヨさん……」

その名を呼ぶ。

彼の力となるための手段はなんだ？

剣を握り、考える魔法使いとなったひとりの少女は静かにその足を動かした。

＊＊＊

邪教種《ヴァイズ》の戦術は単純だった。

三階に巡らされた呪い蔦《アルミントール》は、邪教種《ヴァイズ》の意志によって自在に動かすことができる。

戦場の支配は攻防において絶大なアドバンテージだ。自分の攻撃に有利な配置へと敵を誘導することは勿論《もちろん》、純粋に相手の行動を阻害することにも役に立つ。

空を飛べない生き物にとって地面とは『重力方向を認識する指標』である。その基準となる足場が縦に横にとブレ続ければ、振り回された脳が正常な理解に抵抗する。方向感覚の混乱、世界との認識のズレは確実に相手の集中力を奪い、決定的な判断ミスを巻き起こす。そうなったときこそが、邪教種《ヴァイズ》の勝利の瞬間だ。

だから邪教種《ヴァイズ》は勝負を焦らない。

常に敵を自分よりも下へと誘導し、触手による一方的な攻撃を繰り返す。稀《まれ》にヨヨの放つ魔法が飛んでくるが、不利な配置から放たれる攻撃は避けることも容易《たやす》い。

次の足場がどの蔦となるのか。

邪教種《ヴァイズ》は事前にそれを知ることができ、仕掛けられてから状況に応じなければいけないヨヨとはリカバリーに費やすコストに差が生じる。そうして生まれた余裕と焦りの蓄積により、ヨヨが取り返しのつかないミスを起こすまで邪教種《ヴァイズ》はひたすら待っていた。

『――――』

だが――。

繰り返される蔦の大移動。十度目ともなる戦場変化で、邪教種《ヴァイズ》は『それ』に気付く。

「ふっ……」

短い呼吸と共に、新たな足場へと跳躍するニンゲン。

本来であれば切り替わった戦場を理解するためには時間が必要なはず。周りを観察し、状況を理解し、行動に移る。ここまでのプロセスに、足場が事前に分かっている邪教種《ヴァイズ》とはかかる時間に明確な差ができるはずだ。

そう、できる『はず』なのだ。

なのに。

それなのに――。

「今度は随分と近くの蔦を移動させてきたな」

『――――ッ！』

もはや明確だった。

邪教種《ヴァイズ》は驚きを認める。新たな足場へと移動するために跳躍したジブンとニンゲン――その着地のタイミングがまったくの同時だった。

壁も天井も地面も目まぐるしく変わる世界など本来ならばありはしない。狂った体感意識は精神に絶大な負荷をかけ、普通なら立っていることすら困難なはず。

ならば。

ならば、何故《なぜ》――。

何故、このニンゲンはジブンの動きについてこれている——っ!?

「魔法なんか使っちゃいねぇぞ」

先んじて、ヨヨの言葉が通る。

「呪いなのか俺の知らない魔法なのか、この蔦《つた》が動く理屈はわからねぇ。でもよ、お前の意志によって動かされてるってのはわかる。なら俺が読み解くのは蔦が動く仕組みじゃない。お前自身の動き——その予備動作だ」

瞳に魔力を灯《とも》らせたヨヨが邪教種《ヴァイズ》の身体を隅々まで視線で舐《な》める。

「呼吸はどうだ？　魔力は動いているか？　呪いの向きは正常か？　お前の瞳は何を覗《のぞ》いた？　それを踏まえるとお前は次にどこへ跳ぶ？　答えを出すために必要な情報はぜんぶお前の中に揃《そろ》っている。俺はただそれを読み解くだけだ」

邪教種《ヴァイズ》にヨヨの言葉はわからない。

わからないが、怒りが、全身を巡り駆けた。

ジブンは神に選ばれた眷属《けんぞく》だ。矮小《わいしよう》なるニンゲンたちなど供物としての価値しかない肉袋。こちらが喰《く》らう側で、お前たちが喰われる側。その関係は揺るがない。

なのに、なのに——所詮、餌の分際のお前が——っ！

こちらを見定めるかのような、そんな『眼《め》』でオレを見るな——っ!!

『————ッ!!』

邪教種《ヴァイズ》は下方の蔦にいるヨヨへと跳び掛かった。

戦況を動かす力を持っていたのは邪教種《ヴァイズ》のはず。実際にヨヨは邪教種《ヴァイズ》より上に立てたことはなく、攻撃は一方的だった。

それでも痺《しび》れを切らしたのは邪教種《ヴァイズ》が先だった。邪神の使徒は振り上げた闇色の腕を鋭利な爪へと変え、ヨヨの身体を切り裂こうと襲いかかる。

しかし——。

「——既に『星』は撒《ま》かせてもらった」

そう呟《つぶや》いた瞬間——暗闇のあちこちに無数の輝きが浮かび上がった。よく見ればそれらは、蔦に刻まれた小さな魔法陣。足場が動くたびにヨヨが地面へと仕込んでおいた魔法発動の布石。

蔦の動きを予測したことにより、刻まれた魔法陣は相乗干渉を及ぼす位置にまで勝手に移動していき——そうして出来上がったのはヨヨ独自《オリジナル》の立体魔法陣。

「結界魔法——擬似領域——『小さな天球儀《アストコスモス》』」

呟くと同時——星を模した魔法陣の輝きが一層増し、それぞれの繋《つな》がりは実在する夜空の光景を垣間見《かいまみ》せる。新たな摂理によって編まれた領域は擬似的な星空で空間を満たし——そして、その世界においては星詠みの魔法使いこそが支配を握る。

「起動——流星術式——」

ポケットから取り出した紅宝石《ルビー》の指輪を嵌《は》め、術式を熾《おこ》す。

それは、ひとりの青年を主人公へと変える魔法の言葉。

髪が夜空の下に瞬く白銀へと燃え、瞳は未来を見通す黄金色へと移り変わる。

ベルベッドとの戦いでヨヨは痛感していたのだ。流星魔法――占星の神託により未来を引き込む収束魔法。授けられる神託は星々と対象との位置関係によって定まり、場合によっては勝利の運命を引き込むだけの配置が生まれないこともあるはずだ。

だから、ヨヨは考えた。

時として、望む運命を引き込めない星空との位置関係がある。

――ならば、星の鏤《ちりば》む夜空さえもこちらで用意してしまえばいい、と。

「流星魔法――『収束しろ《オクト》、星の光よりも疾く《ピリエス》』ッッ!!」

こうなってしまえば、あとはただ運命が勝利の方向へと流れるのみ。

ブンッ!! と、流星魔法の音が鳴り。

一筋の星が、造られた夜空の中を駆け抜けた――。

＊＊＊

繰り返しになるが、流星魔法は運命収束の魔法である。

流れた星が止まることを知らないように、一度神託が授けられればあとはその流れに沿う以外に道はない。

だからこそ、ヨヨは勝利を確信していた。何故なら、青年の星詠みは確かに見た。

自分の拳が悪《あ》しき神の使徒を穿《うが》つ、絶対勝利の運命を。

授けられた神託に間違いはなく、あとはただ望む未来へと現実が引き寄せられる。

……そのはずだった。

「なに……？」

運命が収束し、置いてかれていた認識が追いついたとき、待ち受ける現実はヨヨの予想とはわずかに違っていた。

確かに拳は邪教種《ヴァイズ》の身体《からだ》を穿っていた。だがそれは、闇によって編まれた邪教種《ヴァイズ》の肩を貫いて、触手まがいの右腕を吹き飛ばすのみで終わっていた。

十分な成果と言えるかもしれないが、重要なのはその結果ではない。

ヨヨの驚きは、『見定めた星詠みが外れた』ことにこそあった。

流星魔法は夜空に輝く星々の運命力を利用したもの。神話の物語を信仰するために人々が耽溺《たんでき》した、星座という形の擬似信仰対象。その組み合わせによって弾き出された神託は、運命という名前の下に絶対のルールとして流れていくはず。

だが現実として、その定められた『絶対』に僅かな乱れが生じた。

それはつまり、邪教種《ヴァイズ》が『神託に干渉する力』を持っているということ。

「くっ……！」

腕がもがれ、痛みに喚《わめ》く邪教種《ヴァイズ》を見据えながらヨヨは確信する。

――コイツはここで仕留めなければマズい！

不確定要素を多分に含んだ敵の異常を認め、ヨヨは不気味な未来を予感した。絶対不干渉であるはずの星々の神託に手を加えられる——その不可解な事実を放っておけば、いずれ取り返しのつかない被害を生むはずだ。

——奴《やつ》が痛みにもがいているうちに決着をつける！

そう結論したヨヨが魔力を熾そうとするが——。

「がっ……!?」

不意に、身体中を痛みが襲った。

流星魔法の代償だ。

元々として膨大な魔力消費を強要する極限魔法でありながら、今回は望んだ運命を引き寄せられなかった異常事態《イレギュラー》。魔法の調べがいかな代償を術者に要求したとしても不思議じゃない。

どぐんっ、と心臓が跳ね、見える世界に血が交じる。それでも気合で痛みをねじ伏せて、必死の想《おも》いで顔を上げた——その瞬間だった。

「あぁああああああああああああああ——ッ!!」

黒水晶の少女が、雄叫《おたけ》びを上げながら邪教種《ヴァイズ》へと突撃した。

エヴァは待っていた。

自分にできることは何かと考えた末の結論。

それは、もしヨヨが敵を討ち漏らした時の『止《とど》め』の役目。

相打ちや苦し紛れの抵抗によりヨヨが負傷した場合、手負いの邪教種《ヴァイズ》へと魔術剣を突き立てる。そのためにエヴァは息を潜め、気配を殺し、次々に姿を変える蔦の迷路に抗《あらが》いながら、ゆっくりと邪教種《ヴァイズ》へと近づいていた。

そして時は来た。

腕が吹き飛ばされてもがく邪教種《ヴァイズ》。魔法の代償で苦悶《くもん》を浮かべたヨヨ。勇気を振り絞るのはここしかないと、エヴァは恐怖を騙《だま》すように声を張りながら駆け出した。振り上げた魔術剣には既に魔力が宿り、邪悪なる敵を討ち払わんと輝きに揺れている。

逸《はや》る気持ちに押されてか、やや前のめりとなって駆け出していた少女。

邪教種《ヴァイズ》との距離があと数歩となった――。

その時だった。

――エヴァの足首に闇色の触手が巻きついた。

「えっ……」

漏らせたのは、零《こぼ》れるかのように口から出た驚きの欠片《かけら》。

次いだ瞬間、足先から這《は》い登るかのように邪教種《ヴァイズ》の身体がエヴァを呑《の》み込んでいく。

「エヴァ！」

闇色が少女の身体を包み込み、咀嚼《そしゃく》するかのように蠢《うごめ》いた。絶望の光景にヨヨは心臓が鷲摑《わしづか》みにされたかのような気持ちへと陥るが――予想に反して、エヴァを包んでいた色はすぐに波を引き、黒水晶の少女がその場に立ち尽くす。

――なんだ、逃げたのか？

邪教種《ヴァイズ》の消失に不可解な懸念を抱いたが、その疑惑が間違いであったとすぐに目の前の光景が回答する。

「ヨ、ヨヨさん……っ」

「――っ!!」

エヴァが、震えた身体で――だがしっかりと、握った剣を、ヨヨへと向けた。

その瞳は怖さに怯《おび》え、宿しきれなかった恐怖が滴となって溢《あふ》れている。

その光景に、少女の涙に、ヨヨは邪教種《ヴァイズ》が何処《どこ》へと行ったのか確信した。

「エヴァの中に……クソ野郎が……っ！」

「に、逃げてください、ヨヨさん！」

操られたエヴァはゆっくりと、罪人を裁く処刑人かのような足取りで一歩を踏み出す。

それを見てヨヨも一歩を引いた。エヴァを見捨てるつもりなど毛頭ないが、あまりにも悪質な潜伏先を見て対処法が思いつかないのもまた事実。何かしらの案を模索するだけの時間が欲しいと後退したヨヨだったが、その足がそれ以上後ろに退《さ》がることはなかった。

「あ、ぅあ……っ」

「くそっ……!!」

ヨヨが一歩を退いた瞬間に、エヴァが自分の首へと魔術剣を押し当てた。

首の皮を浅く引き裂き、血の線がつーっと流れる。

嗚咽《おえつ》を漏らすエヴァの、その横にヨヨは見た。後退を選んだ瞬間にこの少女の首を掻《か》っ切ると、そう主張する邪教種《ヴァイズ》の悪意を。

「ヨヨ、さん……私の、ことはいいので、逃げて、ください……！」

恐怖で声を引きつらせながら、それでもエヴァはヨヨを案じる言葉を吐き出す。後輩が見せた献身を前にして、青年が選べる選択肢などひとつしかなかった。

「見捨てねぇよ、何があっても」

「ひぐ、えぐっ……」

エヴァを守るためなら命を懸けると、そう口にした誓いを貫くようにヨヨは立ち止まる。剣を構えた少女が近づいてくるのを待ちながら、その思考は現状を打破するために高速の回転を見せていた。

脳が熱を持ち、汗が溢れる。呼吸が荒い。心臓の音が煩《うるさ》い。

何かないか、何かないか、何かないか。

「や、やめてください……お願いだから、逃げてください……逃げてよぉ……！」

それはもはや懇願だった。心の悲鳴だった。

涙と共に溢れる決死の願い――だがヨヨは、その言葉を耳にも入れない。必死に頭を働かせながら、闇に呑まれた少女を救うための方法、その模索に思考の全てを費やす。

だが、現実は残酷だ。巡る思考が解へと辿《たど》り着くには時間があまりにも足りない。もはやふたりの間に距離はなく、エヴァは剣を構えてその切っ先をヨヨへと向けた。

「あ、あああ、ぁあああああああ…………っ!!」

悲鳴を上げながら突き出した魔術剣がヨヨの脇腹を貫いた。おそらくは邪教種《ヴァイズ》の持つ呪詛《じゅそ》を被《かぶ》せたのだろう。傷口から濃密な黒色が溢れ、ヨヨの腹部を染めていく。飛び散った血の数滴がエヴァの頬へと当たり、涙に混ざる。

「―――ッ!!」

だがヨヨは痛みに顔を歪《ゆが》めながらも――一歩、前へと進んだ。

脇腹に剣を食わせながらもエヴァの瞳を覗《のぞ》き込み、そこで逆転の魔法を紡ぐ。

「――『歪め、常なる意よ《カルト・ミルポワ》』っ」

「――っ」

ヨヨが選んだのは混濁魔法。

対象の意識を掻き混ぜ、気絶へと追いやる魔法だ。

ゼロ距離で放たれた魔法はエヴァの意識を呑み込み、その瞳を虚無へと落とす。瞬間――意識をなくした少女の身体から邪教種《ヴァイズ》が弾《はじ》き出された。

「……やっぱり意識に宿る類の憑依《ひょうい》だったか」

必死に絞り出した魔法の代償、傷口から忍び込む呪詛も相まってヨヨが膝をつく。

弾き出された邪教種《ヴァイズ》は困惑を見せながらも、すぐに黄色の瞳を輝かせて次なる外道へと触手を伸ばした。

気絶する少女の足首を摑《つか》み、投げ飛ばす。黒水晶の髪を暴れさせながら、エヴァは蔦《つた》の迷路をすり抜けて、無数の眼《め》が待つ奈落の底へと墜落していく。

「エヴァっ!!」

ヨヨの声が響く。

邪教種《ヴァイズ》は気付いていたのだ。

ヨヨは常に戦いの中でエヴァを庇《かば》うような立ち回りをしていたことを。それはつまりヨヨがエヴァを大切に思っているということ。導き出せる結論は、ヨヨがエヴァを見捨てることができないということ。

「くっ……!」

邪教種《ヴァイズ》の読み通り、ヨヨは傷つく身体に無理を強いてエヴァの元へと跳んだ。

ダンジョンの中ではパムを呼ぶこともできず、ボロボロの身体ではまともな魔法も使えない。せめてできた抵抗は、風の魔法で身体を叩《たた》く風圧を和らげることくらい。

エヴァの身体へと追いつく。

その腕を摑む。

包み込むように胸元へと抱き寄せる。

加速が止まらない。向かう先は数多《あまた》の魔法生物が待つ地獄の底。

その身体を守るように、ヨヨは強く強く、エヴァの身体を抱きしめる。

傷ついたふたりの魔法使いは、ひとつとなって奈落の底へと落ちていった――。

＊＊＊

そして、地の底が見えた。

意識のないエヴァを強く抱きしめて、風の魔法でふたりを包み込む。それでも墜落の衝撃は強烈で、身体がばらばらになると錯覚するほどの痛みがヨヨの身体を駆け抜けた。

「ぐぁ……がっ……!!」

脇腹から広がる呪詛が身体の感覚の半分を奪っていた。或《あるい》いはそれが幸運だったのかもしれない。もし全ての痛みを受け止めていたならば、ヨヨは墜落の衝撃で気を失っていただろう。もしそうなっていれば、エヴァを守ることはできない。

「くそったれが……」

血の塊を吐きながら、ぼろぼろの身体で立ち上がる。

周りには赤い目を輝かした無数の魔法生物たち。檻《おり》に投げられた餌に群がるかのように、牙は、爪は、歯は、視線は、敵意は、食欲は、ふたりの魔法使いへと向けられていた。

ヨヨは後ろにエヴァを庇う。すぅすぅと、穏やかな寝息を立てた少女を。

どうかそのまま眠っててくれと、ヨヨはこんな状況でも微笑《ほほえ》んだ。

大切な命の灯を守るために、ヨヨは吹き飛びそうな意識へ更なる無茶を要求する。決死の想いで熾《おこ》した魔力が再びヨヨの髪を白銀へと燃やさせた。

「ルナ」

この世で最も大切な名前を呟《つぶや》く。絶望の海の中でたったひとつの勇気を摑むために。

「主人公ってのは、どんな逆境の中でも諦めない生き物なんだよな」

彼女が願ってくれた生き方を己に課し、言葉を力へと変えさせる。

大切な少女たちを守るため。

主人公は、無数の脅威との戦闘を開始した。

＊＊＊

——夢を諦めそうになったことはないの？


いつだったか覚えていないが、訊いたことがある。

純粋なまでに夢を追い続ける親友の、その心の強さに憧れて——或いは、眩《まばゆ》いその姿に嫉妬を覚えてか。

「あるよ。何度も。挫《くじ》けそうになったことなんて、数えられないくらい」

羽ペンを握ったままの親友は、当然のようにそう答えた。

果てしない夜空の中でたったひとつの星を追い求める少女。

そんな彼女の回答は、エヴァにとっては意外なものだった。

「ルナちゃんでも挫けそうになることなんてあるのね」

「そりゃあるよ。魔導書作家がそんな簡単になれる夢だなんて思ってないからね。面白い物語を書けてるかなんて自分だけじゃわからないし、辛《つら》い言葉をぶつけられて、不安でご飯が食べられなくなったことだってあるよ」

「ルナちゃんが……ご飯を……食べられない……？」

「そんなに驚かないでよっ!!」

驚愕《きょうがく》の反応に憤慨するルナではあるが、エヴァはその事実に確かな衝撃を受けていた。食いしん坊なこの親友でもご飯を食べられないほどのショックを心に抱えることがある。夢を追うことの辛さや苦しみを知っているつもりではあるが、改めてこうした話を訊かされると意外な事実が浮かび上がってくるものだ。

「ならどうして、ルナちゃんは頑張れるの？」

いまもこうして羽ペンを握り、物語を綴《つづ》る少女に向かって問いを投げる。

眩い夢を追いかける、その心の強さの所在を尋ねて。

「ん～、助けてもらったから、かな？」

問いの答えとして選ばれたのは、疑問符混じりの推察であった。

「憧れを諦めきれないっていう理由もあるし、最初のきっかけを忘れられないっていう理由もある。けど、やっぱり、いまのわたしがペンを握れているのは、どうしようもなく挫けそうになった時にわたしの夢を信じてくれた誰かがいたからだよ」

その誰かを、エヴァは知っている。

とっても強いのにどこまでも不器用な、そんな青年の困り笑顔が自然と頭に浮かんだ。

「ヨヨ先輩は一生懸命な人だから。実はあんまり周りが見えてなくて、必死になったら一直線で、傷ついたら直《す》ぐに蹲《うずくま》っちゃって……それでも最後には立ち上がれる人だった。そんな人に信じてもらえた夢を、わたしも諦めたくないって思えたんだ」

暗い夜の中で、それでも星を見上げることのできる人だった。

ただ強いだけでなく、泣いて悩んで苦しんで傷ついて、それでも暗闇の中で足掻《あが》いてもがいて頑張れる。そんな人だったからこそ、ヨヨの放つ言葉には夢を後押しするだけの輝かしい力がある。

「………………」

エヴァは静かに、ルナの言葉を頭の中で繰り返す。

親友の夢の目指し方を知った。彼女の中にある揺るがない理由を訊けた。

だからこそ繋《つな》がる疑問。

自分の夢は、どう目指すことが正解だ？

描いている未来はある。辿り着きたい理想はある。

だが自分には、ルナのような劇的な運命の出会いなどなかった。

物語のように美しい、都合だけで固められた展開などどこにもなかった。

こんな甘い妄想を描くことは、魔法使いの在り方としてあり得ない。

叶《かな》えたい望みに向かって星に手を伸ばすこと。それこそが魔法使いの在り方だ。

だが、それでも思う。

その星が、目指したい夢が、分厚い雲によって覆われていたとするならば。

自分はいったい、何を目指して走ればいいのだろうか——？

「エヴァちゃん」

押し黙ったエヴァを慮《おもんぱか》ってか、ルナが顔を覗き込む。

青空色の瞳に優しさを携えて、その口元に僅かな微笑みを挟んでから。

「物語の中ではね、たくさんの登場人物《キャラクター》が悩んでるんだ。それぞれが違う傷を抱えてて、破滅的な運命に怯《おび》えてて、中にはそうした悲劇の流れに諦めちゃうような登場人物《キャラクター》もいるんだよ」

「…………」

何の話だろう、とエヴァは思う。

しかしルナは。

物語を誰よりも愛する少女は。

この言葉こそが、彼女の心を蝕《むしば》む問いの答えだと信じているかのようだった。

「でもね、そうした涙の結末を許さない登場人物《キャラクター》も、物語の中には居るんだよ。悲劇の中に蹲って、暗闇の中で泣き続けて、塞ぎ込んじゃった登場人物《キャラクター》。そんな誰かの心の膜をゆっくりと剝がしてくれて、一緒になって悲しい運命と戦ってくれる、そんな格好いい存在が物語の中には居るんだよ」

　確信の笑顔を浮かべた少女は口にする。

　無邪気な子供のように、或いは恋をする乙女のように。

「そんな人のことをね、物語では『主人公』って呼ぶんだよ！」

＊＊＊

「ぁ……う……」

　いつかの追憶を経て、エヴァは目を覚ます。

　思い出したかのように息を吸えば重い空気が肺腑《はいふ》を満たして、吐き気が込み上げた。咄《とっ》嗟《さ》に懐から祓《はら》い薬を取り出して、嘔吐《おうと》感と共に喉の奥へと流し込む。

「ここは……？」

　落ち着いた心でまず始めに浮かんだ疑問は、自分がいま何処《どこ》にいるのか――。

　見渡す世界に映るのはゴツゴツとした岩が重なって生まれた、洞窟とも言えないような僅かな隙間。人ひとりがようやく横たわれるような狭い石の空間だ。

　遡れる記憶の最後は――ヨヨへと剣を突き刺した、あの光景。

「…………」

　込み上げてくる嫌悪感、漏れ出てしまいそうな弱音や嗚咽《おえつ》を寸でのところで喉の奥へと流し込む。きっと自分が悲しむことに、あの先輩は傷ついてしまう。優しくて弱いヨヨの心にこれ以上の荷を負わせないために必死の想いで顔を上げた。

と、そこでエヴァは自分がひとりで居ること——近くにあの頼もしい先輩の姿がないことに気付く。

「ヨヨさんを、探さないと……」

この恐ろしいダンジョンを自分の力だけで生き延びられるとは思っていない。

ヨヨとの合流を最優先の目標として今後の計画を立てようとしたエヴァは——。

「……ん？」

音を、訊《き》いた。

土を蹴る音。風を切る音。空気が爆《は》ぜる音。水を踏む音。

岩の向こう側から訊こえてくる音の続きにエヴァは疑念を浮かばせた。

——誰かが戦っている？

激しく鳴らされる衝撃音は、何者かによる戦いを想起させた。となれば、その最有力候補となるのは共にこの恐ろしいダンジョンに挑んでいる先輩であろう。

そうであればいいなと、エヴァは期待を膨らませながら岩の隙間を這《は》うように進み、ようやく見つけた小さな出口から顔を出した。

「…………………………………え？」

そして、言葉を失った。

凍《い》てつくような風が運んできたのは、咽《む》せ返るほどの血の匂い。

暗闇のあちこちに溜《た》まった真紅の水池、それが何かと疑う理由は最早《もはや》ない。

敷き詰められたと、そう表現したくなるほどに散らばっていたのは魔法生物の死骸。

濃密に漂った『死』の光景に、再び吐き気が喉の奥から込み上げた。

「……うぅ、うえぇぇ……」

零《こぼ》れ落ちた吐瀉物《としゃぶつ》さえも血の池へと混ざり、悪臭が鼻に刺さる。その気持ち悪さで再び嗚咽を繰り返し、胃の中身のほとんどを吐き出してしまった。

「な、何が……これは、どうして……」

もはや意味のわからない惨状を前にして、エヴァは目眩《めまい》を起こす。

魔法使いであるからには、残酷な世界と戦う時がいつか来るだろうとは思っていた。その覚悟もしていた。――否、していたつもりだった。

だが目の前に、こうした圧倒的な『死』を見せつけられると心が悲鳴をあげてしまう。甘かったのだ。想《おも》いも覚悟も認識も。

意識が暗闇へと転げ落ちそうになり、身体《からだ》の力が抜けていく――そこで。

「エヴァ」

耳慣れた呼び声が、暗闇の中に確かに届く。

絶望の縁で、蜘蛛《くも》の糸に縋《すが》るようにエヴァは顔を上げた。

「ヨヨさん、これはいったい…………!!」

そして再び、声が溶けた。

ヨヨの異様――あまりにも傷に染まったその惨状に心が悲鳴を上げた。

いつもの飄々《ひょうひょう》とした顔が青白く薄まっており、幾重もの防御刻印が刻まれているはずのソラナカルタの制服が切り刻まれて真っ赤に染まっている。そうして剝《む》き出された脇腹には脈打つ闇色の腫瘍が浮き出ており、何かしらの呪詛《じゅそ》を溜め込んでしまったことがわかった。もはやどうして命を繋いでいるのかわからない青年の有り様に、エヴァは掠《かす》れるような声で問いかけた。

「……ヨヨ、さん……その、傷は………」

「ああ、ちょっとだけ待っててくれ」

途切れ途切れの問いには答えず、ヨヨはエヴァを庇《かば》うような立ち位置で前を見た。

そこにいたのは一体の魔法生物――牛大鬼《ミノタウロス》。

猛牛は魔法生物たちの亡骸《なきがら》に蹄《ひづめ》を立てながら、四《よ》つん這《ば》いとなり頭の角をこちらへと向けている。その突撃姿勢を見て取ったヨヨは腰を低く構え、襲い来る衝撃に備えた。

『――――ツッツ!!』

「ぐがぁ……っ!!」

風を掻《か》き混ぜながら突撃してきた牛大鬼《ミノタウロス》を、ヨヨは身体で受け止めた。

鋭利な角が脇腹を抉《えぐ》り、肉と血が辺りへと弾《はじ》け飛ぶ。

「ヨヨさんっ!?　どうして……っ」

牛大鬼《ミノタウロス》の突進は最も警戒に値する攻撃として有名だ。この猛牛を相手する時は、正面に立たないよう常に動き回ることが定石とされている。ヨヨがその事実を知らないはずないと、エヴァは先輩の不条理な行動に疑問を漏らしたが——すぐに気付く。

牛大鬼《ミノタウロス》の突撃は、ヨヨが受け止めなければ後ろにいるエヴァの元へと届いてしまうことに。

「ま、まさか……」

震えた声が、とある可能性を脳へと届かせた。

辺りへと散らばった魔法生物たちの死骸。苦悶《くもん》を吐きながら果てた生き物たちの敵意の矛先——剝き出しの牙や伸ばされた爪は全て、エヴァが隠れていた岩へと向けられていた。

「…………っ」

理解がやってきた。

ヨヨの傷も、魔法生物たちの死骸も、その全てに説明がつく背景を思いついた。

目に見えた光景が、自分の知らない時間に起きた攻防を物語る。

——守られていたのだ。命がけで。この先輩に。

——無数の魔法生物から、たったひとりで、守ってくれていた。

「——『爆ぜる火種《ヴァルゴ》よ』ッ」

突撃を受け止めた姿勢のまま、ヨヨは牛大鬼《ミノタウロス》の腹部にゼロ距離からの爆発魔法を喰《く》らわせる。体内にまで響かせた爆炎は強靭な肉体を内側から破裂させ、無数の肉片を辺りへと撒《ま》き散らした。

「…………」

そして、静寂が生まれた。

亡骸を踏みしめたまま、顔に血化粧を施した青年はゆっくりと振り返って少女の顔を覗《のぞ》く。それから、無理やり浮かべたものとわかるように顔にちょっとの微笑《ほほえ》みを添えてから、絞り出すかのようにヨヨは言った。

「悪い……ちょっとだけ、休ませてもらう……」

最後の力を振り絞って声を届けると、その場に倒れ落ちた。血溜《ちだ》まりに沈んだ身体が盛大な水音を弾かせる。その身体はピクリとも動かない。

「ヨヨさん……っ!!」

悲鳴のような声を上げながらエヴァが岩の隙間から這い出て、ヨヨの元へと駆け寄った。取り乱しながら触れた青年の身体は、寒気を覚えるほどに冷たかった。

＊＊＊

身体中の至るところから生命《いのち》が零《こぼ》れるかのように血が流れていた。

溜め込んでしまった呪詛は魔法使いの肉体を餌としてぶくぶくと肥え広がっている。

「ヨヨさん……ヨヨさん……っ」

エヴァは涙を流しながら回復薬《ポーション》と祓い薬を傷口に浴びせていく。満身創痍《まんしんそうい》と言っても余りあるヨヨの姿は、いままさに生死の狭間《はざま》にあった。

致死量を超えているであろう出血、魂を蝕む呪詛の侵略。意識が途絶えているにも拘《かか》わらず手足はびくびくと痙攣《けいれん》を繰り返す。死へと向かう肉体に魔法使いの自己修復力と回復薬《ポーション》が抵抗し、細胞が死滅と再生を繰り返していた。途方もない痛みと共に。

「やめて……もうやめて……どうしてこんな……っ」

生娘のように弱音を吐きながら乾いた布でヨヨの身体の穴を塞ぐ。少しでも命の滴が零れ落ちないように……だがこれも、気休めにしかならないだろう。

もしかしたら、ここでヨヨは――。

「――――ッ!!」

最悪の未来を想起した瞬間に、心の四方《よも》から壮絶な孤独が押し寄せた。

胸の奥に果てしない痛みが走り、心臓が不規則な旋律を奏でる。

「……ヨヨさん……私を、ひとりにしないで……!!」

絶え絶えの呼吸、嗚咽まじりの懇願、思わず零れてしまった悲鳴に対して――ふと、エヴァはいま自分で吐いた言葉の真意を問う。

――こんなにもボロボロになるまで戦ってくれた彼に、自分はまだ何かを求めようとしているのか？

どこまでも自分本意な懇願に、今度こそエヴァは己の心の在《あ》り処《か》を失った。

反対を押し切り、ヨヨの優しさに甘えて同行した親友を助けるための旅路。この恐ろしいダンジョンで、自分は何度この先輩に助けてもらっただろうか？

幾度となく庇ってくれた青年の身体は傷を重ね、遂《つい》には死を覗き込めるほどの淵《ふち》にまで追い詰めてしまった。その根源となった自分の無様さもさることながら、この状況でも更に己の身可愛《かわい》さにヨヨへと無謀を願う無恥の心に嫌気が差す。

どうして自分はいつもこうなのだろうかと、爪が食い込まんとばかりに拳を握った。

実力の欠如を無視した上で挑んだダンジョン攻略。

それはまるで、叶《かな》わないと知っていながら理想を望む無謀な夢の旅路を思わせる。

空っぽになった胃が強烈な寒気で引き絞られた。込み上げてくるものは何もなく、ただ嗚咽のみが暗闇の底に響く。目の奥には熱い滴が溢《あふ》れており、自然と喉が震えていた。

――いつか立派な魔術剣士になりたい。

淀《よど》んだ意識で浮かんだのは、幼き日々に憧れた夢の形。

どんな困難にも屈せずに、絶望の中でこそ顔を上げる正義の魔法騎士。

「……ははっ、いったい、どの口が言っていたんでしょうね……」

酷《ひど》く乾いた声が、闇の中に溶けていく。

浮かべた理想は理想のままで、現実の自分とは何ひとつとして重ならない。

自分を守るためにこんなにも頑張ってくれた先輩に対して、ただ泣きじゃくることしかできない無力な少女。それを認めた瞬間に、エヴァの心はついに折れる。

「もう、やだぁ、やだよぉ……」

夢という言葉の響きに騙《だま》されるのはもうやめよう。努力をすればいつか辿《たど》り着くなんて、そんなわかりやすい美談など訪れない。夢から逃げたわけではない。寧《むし》ろ逆だ。

これはそう、逃げていた現実へと視線を向け、残酷な運命が語りかけてくる言葉に耳を傾けているだけ。

「私はもう、魔術剣士になんかなれやしない……っ」

幼き頃から抱えていた輝きが、絶望の闇に喰われていく。

思い描いていた騎士像に罅《ひび》が走り、理想の破片がパラパラと毀《こぼ》れ落ちる。

暗いダンジョンの闇の底で、ひとりの少女の夢が崩れ落ちた、その瞬間であった。

「…………」

もう、全てがどうでも良くなってしまった。

頬を伝う滴と共に、手にしていた回復薬《ポーション》の瓶が落ちる。

パリンっ、と破片が散らばる音。

望むべき未来を失ってしまった瞳には空洞が渦巻き、何を見つめるまでもなく少女は呆《ぼう》然《ぜん》と尽くしてしまう。暗く染まってしまった夜の中では、星の輝きなんて見つからない。

ここが、エヴァリーナ・レ・ノールの夢の終着点。

眩《まばゆ》さに打ち砕かれ、涙の結末へと至った魔法使いの物語。
何も望まなくなった少女の手は意味もなく震え、果てなき冷たさを訴えるのみ。
もう何も見たくないと、エヴァはゆっくりと瞼《まぶた》を閉じた。
「…………」
そこに残ったのは、星を見失った魔法使い。
陰惨極まる現実に屈した、夢の抜け殻となった少女。
輝くことに怯《おび》え、もはや朽ち果てることすらを望む小さな女の子。
底へと堕《お》ちてしまった心には、きっともう、どんな言葉も届かない。

「そんなことねぇよ……!!」

だが。
それでも、だ。
何も望まなくなった少女の手を握れる存在が、そこにはいた。
絶望へと堕ちてしまった心の底へ。
その闇に落ちたことのある誰かならば、きっと言葉は届くと。
まるで残酷な運命へと宣戦布告するかのように、青年の魂は吠《ほ》えていた。
「――っ!?」

エヴァの瞼が驚きに開かれる。

何も見たくなかった黒水晶の瞳には、血を吐きながら言葉を紡ぐ青年の姿が映った。

「ヨヨさん、無茶しないで――」

「勝手に悲劇のヒロインを演じてるんじゃねぇよ……」

心配の言葉に被《かぶ》せる形で、ヨヨの叱咤《しった》が少女の心を殴る。

勝手に諦めることなんて許さないと、力ある瞳で見つめられながら。

「……ヨヨさんに、私の何がわかるって言うんですか……」

しかし、諦めに翳《かげ》ってしまった心にはヨヨの言葉が響かない。

暗い激情がエヴァの中に溢れていき、否定を叫んでくれた青年の言葉を、更なる否定で被せてしまう。

「どんなに頑張ったって、現実は、私の夢が叶わないようにできているっ！　その理由を知らないくせに、勝手なことを言わないでくださいっ!!」

錯乱していたと言ってもいいだろう。

この暗い世界で何度も自分を助けてくれた恩人に、エヴァは容赦のない言葉で訴える。

不相応な夢を見ていた。ようやく現実を認めることができた。楽になれた。

諦めることにより、心が軽くなったような気がした。

その安楽を見咎《みとが》めた青年の言葉がどこまでも恐ろしく、エヴァはちっぽけな心を守る赤子のように激情を以《もっ》て噛《か》み付いてしまったのだ。

「――――」

だが、それでも。

ヨヨはまだ彼女の心を見捨てない。

憐《あわ》れる想《おも》いとはまた違う、慈愛すらを思わせる瞳のままに言葉を続けた。

「それは、お前が術素に愛されていないからか？」

「――っ！」

知らないくせにと見限った理由が、ヨヨの口から放たれた。

驚きに見開いた瞳が、傷だらけの青年へと向けられる。

「知って、いたんですか……？」

「まぁ、な。俺の『眼《め》』はそういうものも見えちまう」

適性を宿した魔法使いには術素を『視《み》る』ことができる者もいる。

引き寄せられる術素を見極めれば、その魔法使いがどの術素に愛されているかを判断することも可能だ。

「なら……どうして……諦めさせてくれないんですか……？」

ヨヨならば、魔術剣の仕組みを知らないはずがないだろう。

術素の適性こそが魔術剣士の絶対条件であるならば、ヨヨの言葉には矛盾が生じる。

求める理想に達するための鍵がない。翼がなくては空を飛べない。

だというのに、何故《なぜ》。

――何故、あなたは、そんなにも柔らかな瞳で私を見るのか！

「それはだな……お前が、お前のことを諦め切れてねぇからだ」

ヨヨの腕がゆっくりと起き上がり、伸ばした指がエヴァの手へと向けられる。

いったい何をと尋ねるのも待たずに、その呪文が紡がれた。

「――『偽りを照らせ《アルフォーマ》』」

「――――ッ!?」

ヨヨの指先から放たれた魔法がエヴァの手へと届けられる。

悪意とも取れる魔法の調べが、少女の手に覆われていた『偽り』を剝がした。

「やっ……やめっ……見ないでください……っ」

そこには、見るも無残に汚れた少女の手があった。

いつもは白く美しい指先がそこにはあった。だがいまは所々に黒く滲《にじ》む跡があり、凝り固まってしまった血の溜まりが荒い岩肌のように見目を汚している。

治癒魔法は傷を治す魔法ではなく、傷口を元の状態に戻す魔法だ。幾度となく剣を振り続け、マメを潰し、手を血に染め続けた少女の身体《からだ》は、その姿こそが『元の状態』であると認識するようになり、治癒魔法でも治せない汚れを染み込ませていた。

こんな汚い姿を誰にも見せたくないと、エヴァは常に魔法の手袋で手を隠していた。

それを剝がされて羞恥に顔を染めるエヴァへ、ヨヨの言葉が続く。

「汚くなんかねぇさ。その証拠に……ほら、こんな簡単に手なんて握れちまう」

ヨヨの伸ばした腕が、身体に隠したエヴァの手を取り、結ばれる。

幾度となく剣を振り、硬くなってしまった皮膚の感触を確かめるかのようにヨヨは何度もその手に力を込めた。

「どうして、こんなんになるまで、お前は剣を振ったんだ？」

「そ、それは……」

ヨヨの言葉に、エヴァの頭の中でいつかの情景が蘇《よみがえ》る。

雪の中、必死になって剣を振り続ける幼き自分。

夢を諦め切れなくて、努力をすればいつかは叶うと都合の良い物語を信じていた時代。

叶うはずのない望みを追い続ける、無意味で無様な剣の時間。きっと、この世界の誰もが──自分でさえも、虚ろな努力だと評してしまう夢への研鑽。

でも、ここに、その努力を見つけてくれた、どこまでも温かい瞳があった
「術素に愛されてないことが理由になるのなら、お前の夢はとっくに朽ちてたはずだ。それでもお前は剣を振り続けた。残酷であることに屈せずに努力を積み重ねた。そんだけ努力家な女の子が夢を諦めるなんて……そんなの、もったいねぇよ」

重ねられた言葉は、盲目的とも取れる信頼。

少女の指の隙間を溢れてしまった夢の欠片《かけら》。その破片をひとつひとつ拾い集めて、また君に届けると、揺るぎない意志で少女の努力を肯定する。

「………で、でも……」

だが、それでもまだ、少女の心は夜を超えられない。

「……いくら、努力をしたって、私は、何も生み出せていない……」

魔術剣士になりたいと、そう望んだ心がある。でも、積み上げた努力はこれっぽっちも現実を、理想の元へと寄せてはくれない。

どこまで行っても、努力が必ず実るなんて言葉は都合の良い幻だ。

もう、綺麗《きれい》な言葉なんかに騙されない。

とっくに自分を見限ってしまった少女は、その心を闇の奥へと閉じ込めてしまう。

「……俺が、ここにいる」

だが。

それでもまだ、ヨヨは贈る言葉を躊躇《ためら》わない。

「俺も、ずっと暗い夜の中にいた。何も見えなくて、見たくなくて、自分のことすらも見えなかった世界に、お前が俺を呼びに来てくれたんだ」

ヨヨは思い出す。

自分の想いだけでなくルナの夢までを信じられなくなったあの時に、必死になって声を荒らげてくれた少女がいたことを。瀕死《ひんし》の身体で駆けつけて、親友を助けて欲しいと願うその姿があまりにも眩《まぶ》しく、俯《うつむ》いていたはずの顔をいつの間にか上げていた。

「お前が居なけりゃ、俺は何も見えないままだった。立ち上がるきっかけに巡り合うこともできなかった。お前が頑張ってくれたから、俺はこうして戦うことができてるんだ」

握る手に力を込めてヨヨは言う。

大切な後輩を守るために戦う、その誇らしさを視線に携えながら。

長い間腐り続けていたヨヨにとっては、もはやこの傷すらも愛《いと》おしい。

ならばきっと、そのきっかけをくれた少女に贈る言葉はこれしかない。

「お前が居たから、俺はいま、ここにいる。お前が居たから、俺は戦える」

「…………!!」

握る指を通して、ヨヨは伝える。

彼女が費やしてきた努力、その結果のひとつがこの温かさであるのだと。

「……わ、私は……まだ、自分のことを信じられなくて……」

「俺が信じる。必死になって剣を振り続けた、お前のその努力ごと」

「……で、でも……私はすぐに蹲《うずくま》って、しまいますよ……?」

「悩んでやるさ。なにが問題で、どうすればいいのかを。一緒に考えて前を向こう」

悪あがきかのように漏れ出る弱音が、ヨヨによって覆される。

指先から伝わる熱は、その言葉が本物だと断言するには間違いないほどに熱かった。

理不尽な運命に何度も心を翻弄された。絶望の夜を何度も泣いて過ごしてきた。

でも、そんな暗闇の中にまで、傷だらけになりながら手を伸ばしてくれた人が居る。

自分ですら信じることのできなかった努力を見つけてくれた人が居る。

運命なんかに敗けるなと、声を張り上げながら一緒に戦ってくれる人が居る。

きっと、最早、いかなる理由も、彼の声を疑う理由には足り得ない。
だから――。
だから、エヴァは最後に求める。
長い夢の旅路の道標《みちしるべ》となるような、夜空に瞬く輝きを。
彼の放つ言葉ならば、この世界のどんな音よりも信じられると確信して。
「ヨヨ、さんは……」
震えた声で、言葉を紡ぐ。再び溢《あふ》れた滴が頬を伝う。
「私がまだ、魔術剣士になれると、思いますか……？」
縋《すが》るような声だった。
自分だって、積み上げてきた努力が無駄だったなんて思いたくない。
諦める理由なんてたくさんあった。正解の道なんてないのかもしれなかった。
それでも無我夢中に剣を振り続けたのは、諦め切れない何かがあったから。
いくつもの絶望が嗤《わら》っていた。
不条理な現実が、少女の耳元で「なれっこない」と何度も何度も囁《ささや》いていた。
でも、そんな音の塊の中で。
希望となるような言葉が、いま、確かに響く。
「――なれる。きっといつか、お前は立派な魔術剣士になれる」

「――――っ」

輝いた。

暗闇に堕とされていた瞳の中で、小さな星が。

きっと、その言葉に偽りなんてない。

繋《つな》がれた手から伝わる熱が、教えてくれる。

運命がなんだ。現実がなんだ。

そんなもの、空虚な幻でしかない。目に見えない大きな流れなんかより、こんなに手をボロボロにするまで剣を振り続けた少女の努力の方が全幅の信頼に値する。

「…………っ」

エヴァは感じていた。

小さい頃から心に残っていた傷が、ゆっくりと癒されていくのを。

そして、同時に思い出す。

いつかの記憶。

親友が笑いながら放った言葉。

塞ぎ込んでしまった登場人物《キャラクター》の心の膜をゆっくりと剝がし、一緒になって悲劇の運命と戦ってくれる――そんな存在を、何と呼ぶのかを。

「で、でも、ヨヨさんはこんなにも傷ついて――」

エヴァは思い出したかのように口にする。

事実として、現実として、ヨヨはこんなにもボロボロになってしまった。

いつか立派な魔術剣士になれるのかもしれない。

でも、そこまでの道筋で、こんなにもあなたを傷つけてしまった。

そのことに対して悲観に暮れる少女の手に、再び青年は力を込める。

「何度だって守ってやるさ。お前の夢が叶《かな》うのが遠い未来なら、それまでずっと見守ってやる。だってよ――」

はっきりと言葉にする。

それは彼の中で、幾度となく放たれてきた言葉。

分不相応でも、言葉だけが先行するような曖昧な信念でも。

そう在ろうとすることこそが、ヨヨ・クロードの本質であると示すかのように。

何度も口にした言葉、それをいま再び、夢を追う少女に向かって放つ。

つまり。

「先輩ってのは後輩を助けるもんだからな」

余計な意味なんていらない。

必要な言葉も、力になりたいと願う理由も、ただこれだけでいい。

きっと、この瞬間に、この言葉を吐けるから、彼は主人公と呼ばれるのだろう。

「ヨヨ、さん……っ」

もう、堪《こら》え切れなかった。

黒水晶の瞳が、次々に溢れ出る滴で濡《ぬ》れている。

何度もしゃくりあげながら、ぽすんと、エヴァの顔がヨヨの胸へと落ちた。

涙の熱が制服を通して、青年の肌を叩《たた》いている。

乗せられた頭に優しく手を添えながら、ヨヨは困ったような笑みを漏らした。

「おいおい、そんなに泣くことか？」

「……なんでも、ありませんよっ」

震える声で強がるように、エヴァは言い切った。

なんでもない。

嗚呼《ああ》、本当になんでもない。

──大好きな先輩が、もっと大好きになった。

ただ、それだけの話なのだから。

＊＊＊

「よし、復活だ」

一時の休息を挟んだのちに、ヨヨがそんなことを言ってのけた。

その言葉の通り、身体に空いていた多くの傷は既に塞がっており血はもう流れていない。

黒く淀《よど》んでいた呪詛《じゅそ》の塊も、いまはすっかりと溶けて無事な肌色が浮かんでいた。

「こんなに早く回復するなんて……ヨヨさんって人間ですか？」

「魔法が使えれば無事な肉同士を接合して傷口を塞ぐくらいは簡単だ。呪詛はただ体力が尽きてたから抵抗できていなかっただけだし、失った血は回復薬《ポーション》をアレンジすれば似たようなもんを作ることができる。まあ、ぜんぶ応急処置だけどな」

「……もう一回言いますよ。ヨヨさんは人間ですか？」

「魔法使いだ」

戯《おど》けたように言って見せるが、実際はその元気もハリボテだ。

ヨヨの言う通り、施した魔法のすべては応急処置としての役割しか持たず、その身体《からだ》の現状は綿が漏れ出ないように表面を縫い止めたぬいぐるみでしかない。

それでも、仮初の健常を叫びながら前へと進む。

彼らがこのダンジョンに来た目的は、何ひとつとして果たされていないのだから。

「いくぞ、エヴァ。そろそろルナが腹を空《す》かしてる頃だろう」

「そうですね。早く帰ってあったかいご飯をいっぱい食べましょう」

傷だらけのふたりだが、その心はとても晴れやかであった。

お互いの心に信頼を預け、力強く前へ。蠟燭《ろうそく》のようなか細いふたつの生命は、穏やかで優しい輝きの中で混ざり合い、ひとつの大きな炎となっていた。

——ルナと一緒に、全員で生きて帰る。

どんな困難があろうとも、必ずこの物語を幸せな結末《ハッピーエンド》で終わらせる。

互いの想《おも》いは寸分と違《たが》わず重なり合い、だからこそ素敵な未来を疑わない。

歩くふたりの手は、強く固く結ばれていた。

「ヨヨさん、私たちはどこに向かえば？」

「単純に考えれば、落ちてきたんだから上を目指せばいいはずなんだが……都合よく階段なんかがあるものかね？」

落ちてきた奈落の底は意外にも広く、暗闇に覆われて果ての先を見ることができない。

ふたりは慎重に周囲を警戒しながら辺りを調べた。凹凸のある岩肌に転ばないようお互いを気遣いながら。そうしていくらか進んだ時、エヴァが違和感に気付く。

「……そこの壁？」

「ん？」

「周りと色が違います。よく見れば、材質も」

言われてヨヨも気付く。

黒岩で構成されていた壁の一部が、乳白色の土塊で組成されていることに。

試しにとヨヨが手で掘り起こしてみれば、壁は簡単にポロポロと毀《こぼ》れ落ちて、その先にひとつの道が示された。

「どうします、ヨヨさん？」

「――進もう。危険なのはもうどこに居たって変わらねぇからな」

暗がりの中に身体を投げ、ふたりは洞窟を進んだ。冷たく誘う闇の中、握り合う互いの指の温かさで孤独を騙《だま》し、確実な足取りで前へ先へと。

そうしてヨヨたちが辿《たど》り着いたのは、大円壁に囲まれた広間であった。

うっすらと明るいのは頭上に生えた結晶花から輝きが漏れているからだろう。

久しぶりの光を浴びるようヨヨが顔を上げて。

そして、同時に知覚した。

「────っ」

ぱらっと、ともすれば見逃してしまいそうな音の欠片《かけら》。

降ってきた小石の破片と突き刺さるような冷たい視線。

それに気付いた瞬間、ヨヨは咄嗟《とっさ》にエヴァの手をぐいっと引っ張った。

「──ッ!!」

次いで、ザズッ!! と、先ほどまでエヴァが居た場所に鋭く光る棘《とげ》が突き刺さった。

戦慄を挟みながら顔を上げ、ふたりはその姿を認識する。

聳《そび》えた石壁に幾つもの爪を立て、無数の針が湧き出る尾先をこちらへと向ける魔法生物の姿を。

「──『魔鋼蠍《アダマン・ニードル》』……っ」

それは金剛の身体を持った蠍《さそり》の魔法生物だ。

巣に訪れた闖入《ちんにゅうしゃ》者を排除するかのように、魔鋼蠍《アダマン・ニードル》は地面から爪を引き抜いて広間へと落下した。ヨヨたちの目の前へと着地した蠍は巨大な鋏《はさみ》を振り上げながら、威嚇のためか八本の節足をわしゃわしゃと動かしている。

ヨヨはエヴァを背中に庇《かば》いながら魔鋼蠍《アダマン・ニードル》の前へと立った。

それは凶悪な魔物からヒロインを守る物語の主人公のように。

「ヨヨさん……その身体じゃ……」

「言っただろ、何度だって守ってやるって」

振り返ることなく言い切り、ヨヨは地を蹴った。

どこにそんな力が残されていたのかと、それは速く、重い突撃。踏み込みの鋭さで石畳をめくりながら迫ったヨヨは反応すらできていない蠍の身体に全霊の拳を叩き込む。

だが、――ぐしゃっ、と。

潰れたのは、ヨヨの拳の方だった。

「ちっ――」

骨にまで響いた右腕を認めてから、頭上から感じる怖気《おぞけ》に従って後ろへと下がる。

やはりと言うべきか、見下ろされる形で丸まった魔鋼蠍《アダマン・ニードル》の尾から無数の針が射出され、先ほどまでヨヨが居た場所に深く突き刺さった。

先端の尖《とが》った棘は石畳を深く抉《えぐ》り、鋭い音と共に石片を撒《ま》き散らす。その破片をローブの裏側に縫い付けていたナイフで払いながらヨヨは思考した。

魔鋼蠍《アダマン・ニードル》は魔法使いの天敵として名の知れた魔法生物だ。

名の由来となった甲殻の代わりを担う魔鋼《アダマント》は、その強度もさることながら魔法を弾《はじ》く性質こそが有名な稀少鉱物《レアメタル》。

物理も魔法も、あらゆる攻撃を弾き返すこの蠍に有効な対抗手段は『封印術』。

魔を弾く外殻ごと、その身体を結界の彼方《かなた》へと閉じ込めてしまう。

それこそが、一般的に知られる魔鋼蠍《アダマン・ニードル》の迎撃方法だ。

「――――っ」

しかしと、ヨヨは奥歯を強く噛《か》む。

元々として封印術は得意としていなく、ましてやいまの自分は満身創痍《まんしんそうい》に近い。身体の傷は言うに及ばず、体内の魔力はそのほとんどが自動的に肉体回復に費やされている。

もはや初級魔法のひとつでも紡いでしまえば、ぎりぎりで無茶に応えてくれていた身体の傷が口を開け、今度こそ意識は闇の彼方へと溶けてしまうだろう。

無茶を重ねた身体、無謀を察する戦闘、長くは続かないであろう己の魔力量を実感し、ヨヨは必死に目の前の敵を打ち倒すための策を模索する。

何かないか……何かないか……！

「――ッ」

焦る心が判断力を鈍らせて、飛んできた針がヨヨの脇腹を掠《かす》めた。

縫い止めていた魔力の糸が解け、肉がぱっくりと開き、勢いよく血が噴き出る。

目の前を火花が散り、意識が一瞬ここではない何処《どこ》かへと連れて行かれた。

否——一瞬で済んだだけ、その精神力に万雷の拍手を送るべきであろう。それほどまでにヨヨの身体は限界を迎えており——だが残酷にも、取り戻した意識が迎えたのは蠍の尾による打ち払いであった。

「がっ——」

吹き飛ばされたヨヨは勢いよく壁へと叩きつけられる。

肺の中の空気が暴れ、骨という骨が軋《きし》み、口から夥《おびただ》しい量の血を吐き出した。

それでもヨヨは決死の想いで立ち上がる。

明滅する意識の中に去来するのは、桜色と黒水晶の輝きだ。

——ずっと一緒にいようと、そう約束した少女の笑顔があった。

——ずっと見守ってやると、そう伝えた少女の涙があった。

裏切れない。裏切りたくない、守りたい。守らなければ。

こんなぼろぼろの身体では不相応と知りながら、それでも意志だけは絶えることなく燃えていた。彼女たちを守るためならば、そのためならば、ヨヨは顔を上げられる。

こちらを見下ろした蠍の赤い瞳が目に入る。

浅ましくとも、無様でも、それでもヨヨは逃げることなく拳を構えた。

それは、最後の瞬間まで主人公であろうとする青年の魂の表れだ。

尊くも眩《まぶ》しいその姿は、人の心を惹《ひ》きつける勇気の魔力を持っていたことだろう。

「――――」


そして、この場所にはひとりの読者がいた。

友を助ける旅路の中で、幾度となく青年の生き様に――その物語に見惚《みと》れた少女がいた。

思ったことはないだろうか？

本を読み、その物語の主人公に憧れて、心に勇気を宿した経験が。

文字に秘められた魔法により、その心に、抑え切れない炎が灯《とも》った経験が。

どこかの誰かが言っていた。

魔法使いは物語を有している――と。

それは、踏み出す勇気さえあれば、魔法使いは誰しもが主人公になる資格を有しているということ。あらゆる悲劇の中で立ち上がる、不屈の心が宿っているということ。

そしていまここに、青年が刻む物語が、少女の心に一雫《ひとしずく》の勇気を垂らす。

つまり。

つまり、だ。


「ああああああああああああああああああああああああッッッ!!」

叫びがあった。

冷たい夜を乗り越えた、少女の声があった。

それは、悲しい運命を覆す魂の咆哮《ほうこう》。

その手には、悪《あ》しき闇夜を斬り払う、絶え間なき光を宿した魔術剣があった。

「エヴァ、お前は……」

その魂の輝きに、ヨヨは見た。

彼女が目指した夢、そのために費やした努力が、いかな形となって現実に昇華されたのかを。

「ヨヨさんっ!!」

エヴァは駆け出した。

黒澄むように輝く剣を振り上げながら。

「今度は私が助けますっ!!」

それは、新たな主人公の誕生を知らせる、勇気の一歩であった。

＊＊＊

呪詛の蔓延《はびこ》る奈落の底で、エヴァリーナ・レ・ノールはその物語に見入っていた。

少女を守るため、強大な蠍の怪物と戦う青年の物語。

英雄譚《たん》の一頁《ページ》を表すかのように、命を燃やしながら吠《ほ》えている魔法使いの物語を。

ヒロインの配役を受けた少女の頭の中では、彼の放ったたったひとつのフレーズが何度も繰り返し流れていた。

――何度でも守ってやる。


何の捻《ひね》りもない目的が、どこまでも熱い信念と共に吐き出された言葉だった。

拳が砕けても、血を吐いても。

その信念を貫くために立ち上がる、主人公の姿がそこにはあった。

「ヨヨ・クロード」

もはや彼を主人公と呼ばわすことに、疑う理由など何処にもない。

傷だらけになりながら、声を荒らげながら、ともすれば無様とも見られる戦いの中で、それでも必死に拳を突き上げる不屈の魂がそこにはあった。

「…………」

ふと、思い出す。

いつの間にか宿っていた夢の在《あ》り処《か》。

自分が魔術剣士に憧れた、その始まりの言葉を。

幼心を摑《つか》んで放さなかった、父と母が語る、格好いい魔術剣士としての在り方を。

──魔術剣とは人々の涙を斬り払う剣でなくてはならない。

──魔術剣とは正しきを貫くために振り払われる剣でなくてはならない。

──魔術剣とは人々の願う輝かしき未来を斬り開くための剣でなくてはならない。

過《よ》ぎる無数の言葉、原初の願い、在りし日の輝き。かつて確かに憧れた夢の欠片が混ざり合い、結論として、エヴァの口から『答え』が紡がれた。

「魔術剣は大切な人を守るための剣である……!!」

心の奥底で泣き叫ぶような声があった。

それはとても当たり前で、でもいまこの時に、初めて知ることのできた夢の本質。

魔術剣士になることに囚《とら》われてきた。

だから、術素に愛されていないことに絶望する心があった。

違うだろ、と。

今度こそ、黒水晶の瞳は夢の在り処を確かに見据えた。

憧れたのは魔術剣士になることではない。

──私は。

──エヴァリーナ・レ・ノールは。

──大切な人のために剣を振るう、その誇らしい騎士としての在り方に憧れたのだっ！

はっきりと、その感覚があった。

心の闇を斬り払う、見えない輝きが生まれた瞬間があった。
何も見えなかった夜空に、いま、たったひとつの星が煌《きら》めいた。
手を伸ばす。
星を掴むために、エヴァは懐から一冊のノートを取り出した。
それは、親友が書いてくれた一筋の物語。

『だってエヴァちゃんも、とっても主人公な魔法使いだもん！』

居てくれた。
自分のことすら信じられなかった怯《おび》え心の魔法使いを。
そんな少女のことを主人公であると信じてくれた親友が、ずっと傍《そば》に居てくれた。
エヴァはノートを開き、その文字の羅列に目を這《は》わせる。
かつてはその眩《まばゆ》さに目を逸《そ》らした。
正しく生きる主人公の輝きに耐え切れなかった。
だが、物語とは、読者の心の有り様によって幾重にもその表情を変える。
俯《うつむ》いた心のままでは読むことのできない物語があった。
でも、いまならば。
少女の心の中で、譲れない想《おも》いが燃えていた。

だから。
嗚呼《ああ》、嗚呼、と、心が歓喜に震えるのを止められない。
――面白い、この物語は、こんなにも面白いっ!!
心の中を灼熱《しゃくねつ》が暴れた。
黒水晶の瞳は逸らされることなく、まっすぐに物語の主人公へと憧れた。
想いを燃やし、羨望を重ね、こう在りたいと願う心を今度こそは裏切らない。
立ち上がり方は知っている。
自分は見てきた。
暗い夜を乗り越えて輝いた、とある青年の物語を。
いま、願え、願うのだ!
不相応でもいい、不格好でもいい、どんな形で在ってもいい!
この剣で、この想いで、大切な人を守りたいと心の底より叫ぶのだっ!!
「あああああああああああああああああああああああッッッ!!」
自分のせいで、魔導書になれなかった物語があった。
でも、今度は、間違うことなく憧れた。
エヴァリーナ・レ・ノールはこの瞬間より、大切なものを守るために戦う妖精騎士の物語の主人公だ。

「ヨヨさんっ!!」

その名前を呼ぶ。

きっとこの世界で親友と並ぶ、誰よりも大切な彼の名を。

「今度は私が助けますっ!!」

エヴァリーナ・レ・ノールは駆け出した。

これこそが、本当の夢を見出《みいだ》した少女の物語、そのプロローグ。

もしこの場に、物語を愛する桜色の少女が居たのならば、口元を綻ばせながら、この言葉を紡いでいたことだろう。

暗い闇夜を斬り裂いて刻まれた、親友の勇気ある一歩を讃《たた》えるために——。

——さあ、魔法使いの物語を始めよう。

＊＊＊

少女の覚醒にいちはやく反応したのは魔鋼蠍《アダマン・ニードル》だった。

生物としての本能が、エヴァの持つ魔術剣に絶大の警鐘を鳴らしていた。

「エヴァ、針が来るぞっ！」

警告の通り、尾先から放たれた無数の針がエヴァの元へと襲いかかる。

しかし、恐怖を乗り越えた少女の瞳はどこまでも澄んでおり、身体《からだ》は風のように軽やかに動いた。見える攻撃は場違いなほどに遅く感じ、剣で弾《はじ》くことすらも容易だっただろう。

「ふぅ……っ」

だがエヴァは迎撃ではなく、横っ飛びによる回避で針の攻撃をやり過ごす。

魔導書による奇跡により、エヴァの剣はその見た目を変えていた。

柄《つか》から伸びたのは、夜空のように澄み渡った黒水晶の剣身だった。

魔法の調べを有したその剣は、リィン、リィン、と鈴の音を転がしながら、宝石のような輝きを鼓動のように明滅させている。

エヴァは予感していた。

魔導書によって剣に宿った、たったひとつの魔法。

その奇跡はただのひと振りで宿した力を使い果たしてしまうことに。

だからエヴァは、あの蠍《さそり》の下へ辿《たど》り着くまで魔術剣は振るえない。

飛んでくる針を軽やかな足運びで躱《かわ》し、前へ。

放たれる威圧を勇気の心で相殺し、前へ。

憧れてしまった星の輝きを摑み取るために、ただひたすらに前へ。

黒水晶の瞳は、ヨヨの姿を見据えていた。

暗い夜の中で、何度も差し伸べてくれた手があった。

挫《くじ》けそうな心に、踏み出す勇気を届けてくれた声があった。
守ってやると、当たり前のように口にする笑顔があった。
大切で、大好きな、そんな彼のことを守りたいという想いが胸の中で輝いていた。
エヴァの心は、どこまでも果てることなく燃えていた。
「はぁああああああああああ――ッッ!!」
再び少女の口から激情が溢《あふ》れる。
その想いに呼応して、手にした剣がこれまでで最も強く輝いた。

ルナの書いた物語――その主人公である妖精騎士はひと振りの剣を持っていた。
その名も、妖精剣『心に照らされし宝石《アルス・ウリスマ》』。
能力は、持ち主の心の傾向によって、その性質を変えるというものだ。
猛《たけ》き情熱を持っていたならば悪しきを燃やし尽くす紅宝石《ルビー》の剣に。
涼やかなる理知を持っていたなら邪悪を凍《い》て尽くす碧宝石《サファイア》の剣に。
そして、物語に魅せられたことによって変質したエヴァの魔力。
その力を吸い取った彼女の剣はいま『心に照らされし宝石《アルス・ウリスマ》』と同じ能力が宿っていた。
ならばその剣は、いかな宝石へと姿を変えるのだろうか。
その答えは少女の心。
あらゆる絶望の宵を味わって黒く澱《よど》んでしまった感情。

そこに、ようやく見つけることのできた輝かしい夢が交じわることで。

何物にも染まらない無垢《むく》なる宝石が生まれ落ちる。

――黒水晶の剣。

それは、術素に愛されなかった少女がようやく手にすることのできた夢の剣《つるぎ》。

この世界でエヴァリーナ・レ・ノールだけが振るうことのできる、彼女だけの魔術剣。


「はぁああああああああ――ッ!!」

猛然と襲いかかる針の雨を潜《くぐ》り抜けて、ようやくエヴァは辿り着いた。

強大なる蠍の怪物、その懐にまで。

想いを込めた魔力を吸い続けた魔術剣は、もはやひとつの大きな光となっていた。

澄み渡る瞳で鋭く敵を見据え、黒水晶の剣を大きく振りかぶる。

『――――ッ』

魔鋼蠍《アダマン・ニードル》はその光に恐怖を覚えた。

金剛の身体を持ちながら、それでも、その剣を受けてはならないと本能が叫んでいた。

ここまで近づいた敵に、わざわざ針を使うまでもない。

魔鋼蠍《アダマン・ニードル》は巨大な右鋏《はさみ》を振り下ろそうとして――だが、続く瞬間、鋏と肩を繋《つな》ぐ関節部に魔力の込められたナイフが、ざすっ、と刺さる。

甲殻の狭間《はざま》を狙われた斬撃、その刃の煌めきは魔鋼蠍《アダマン・ニードル》の神経系を正確に断ち、振り下ろそうとしていた鋏ががくんと落ちた。

「……いまの俺じゃ、できるのはここまでだ」

血を吐きながら、最後の力を振り絞って投擲《とうてき》したナイフ。

その結果を見届けたヨヨは口元に笑みを浮かべて、その物語に没頭する。

凶悪たる蠍の怪物と、絶望の底にて立ち上がった妖精騎士の戦い。

見る者の高揚を避けられない、その童話じみた戦いの末を、ひとりの読者として。

「だから、あとは任せたぞ、エヴァ」

ドッと汗を吹き出しながら、それでも瞳は優しく物語る。

――ぶちかませ、と。

少女が思い描いた努力の成果を見届けるように。

『――――ッ』

魔鋼蠍《アダマン・ニードル》は急いでもう片方の鋏を振り下ろす。

少女の身体など、その命ごと引き千切って余りある巨大な質量。

絶対なる武器が妖精騎士の身体に届く――その刹那、ほんの僅かの差であった。

――エヴァの輝きの方が早かった。

「――妖精剣『心に照らされし宝石《アルス・ウリスマ》』ァアアアアアアアアアアアアアアアアッッッ!!」

強烈な光を放った黒水晶の斬閃《ざんせん》。

すれ違いざまに斬撃を見舞ったエヴァは蠍の怪物を背後へと置き、僅かな沈黙を貫く。

時が止まったかのような静寂。

それを挟み――少し遅れて、振り払われた魔術剣は光の余韻と共にその能力を発動した。

ピキピキピキッ、と。

魔鋼蠍《アダマン・ニードル》の足元から、透明に澄んだ黒水晶が這い上がっていく。

それは、悪《あ》しき存在を結晶の内へと閉じ込める封印魔法。

己を覆う奇跡の力を恐れて、蠍は何度もその宝石へと鋏を振り下ろした。

だが少女の想いが結実した魔法の輝きに抵抗は無意味だった。

ピキピキッと音が重なり、黒水晶は果てしなく広がっていく。

腹を飲み込み、足を飲み込み、尾を飲み込み、鋏を飲み込み。

最後には、赤い瞳を残した顔までもを飲み込んで。

そうしてそこには、一体の蠍のオブジェが出来上がった。


――ぱりんっ、と。


何かが砕ける音がした。

それは、エヴァの手にしていた魔術剣、その黒水晶の剣身が砕け散った音。

軽やかな響きを最後として、広間にはしばらくの沈黙が過ぎた。

「…………」

エヴァは見た。

足元に散らばった、魔術剣の残骸を。

物言わぬオブジェとなった、魔鋼蠍《アダマン・ニードル》の亡骸《なきがら》を。

そして最後に――自分の全てを見届けてくれた、傷だらけの青年を。

「ヨヨさん」

沈黙は破られ、一歩、その足がヨヨの元へと寄る。

足元の黒水晶の欠片《かけら》が、ぱりんっ、と砕けた音がした。

「いつか問いかけましたよね。私の魔法は何のためにあるかって」

一歩、また一歩と、その足はヨヨの元へと急がれる。

いつの間にか、黒水晶の瞳からは涙の滴が溢れていた。

「まだ、答えは見つけられてません。何か大切なことに気付けたような気がするけど、それもまだ見つけたばかりの曖昧な願いでしかありません。でも……」

ヨヨの元へと辿り着くと、エヴァは腕を伸ばし、その内に、大好きな青年の身体を包み込んだ。顔を胸へと押し当て、そこに涙を隠すように。

「だけど、少なくとも、いまこの瞬間――私の剣は、あなたを守るためにあった!!」

ようやく口にできた答えがこれだと、エヴァは涙ながらに叫んで見せた。

死力を果たして導き出された後輩の答えに、ヨヨは優しく微笑《ほほえ》みを浮かばせる。

腕を少女の背中に回し、もう片方の腕で黒水晶の髪を撫《な》でながら。

出された解に対して、精一杯の花丸をつけてあげるように。

「ありがとう。よく頑張ったな、エヴァ」

「……はいっ……はいっ………」

溢れ出る涙が、零《こぼ》れる代わりに、ヨヨの制服へと吸われていく。

その滴の温かさに彼女の努力の結実を垣間見《かいまみ》て、ヨヨは抱きしめた手に力を込めた。

暗くて怖い夜の闇を幾度となく乗り越えて、そうして本物を手に入れた少女。

そんな彼女の頑張りを讃えるように。

ヨヨはいつまでも、震える女の子の身体を強く強く抱きしめ続けた。

＊＊＊

だが、彼らの冒険はまだ終わらない。

ヒーローの物語は、攫《さら》われたヒロインを助け出すまで終わりを迎えることはない。

「ヨヨさん、あそこ……」

エヴァが指差したのは、大円壁の一角。

魔鋼蠍《アダマン・ニードル》の針の乱射によって鋭く抉《えぐ》られた土塊の一部。この洞窟の入り口を見つけたのと同じように、剝がれた壁のその先には空間が広がっているようだった。

人が通れる大きさにまで手で穴を広げ、ふたりはその中へと身を滑らせる。廊下のように長く続く一本道。天井に咲いた結晶花により仄《ほの》かな明るさのある場所で、その先に見えた光景にエヴァは声を踊らせた。

「ヨヨさん、階段がありますよっ！」

上へと上る手段を見つけ、その喜びをヨヨへと伝えるエヴァ。だが、彼の視線は廊下の先ではなく、一本道を作るために並んでいた両の壁へと向けられていた。

「……そういうことかっ」

一方的な納得を呟《つぶや》くヨヨに疑問を覚えながら、エヴァも壁へと視線を向ける。

そこには、たくさんの画《え》が描かれていた。

『巨大な鎌を持つ骸《むくろ》』『腹を空《す》かした怪物たち』『蔦《つた》の迷路で遊ぶ異形』。

『奈落に張られた獣の巣』『鋼の身体を持った蜘蛛《くも》』。

どこか抽象的に描かれた絵画たちを見て、エヴァは怪訝《けげん》そうに眉を顰《ひそ》める。

「ダンションの地図……ではないですよね？」

刻まれている内容は、その全てがこのダンジョンで起きた試練の数々だ。

だが地図と言うには記されている情報が余りにも乏しく、ましてやこんな辺鄙《へんぴ》な場所に描かれていては余程のことがなければ目につかない。

果たしてこれは何なのかと、疑問を頭に浮かばせていると――。

「ずっと考えていたんだ」

ヨヨがゆっくりと、結び目を解くかのように呟いた。

「アイツに……あの邪教種《ヴァイズ》に流星魔法を放った時、違和感があったんだ。授けられた神託に沿うはずだった星の流れが、僅かに歪《ゆが》んでいくような感覚が」

前提として、流星魔法は空に輝く十七星座。

その宮殿の位置関係によって定まる星占の力を利用した魔法だ。

絶対不可侵であるはずの星座の世界——遥《はる》か彼方《かなた》の宇宙空間によって定まった神託の力を歪ませるなど、いったいどのような存在であれば可能なのかと。

「話は単純だったんだ」

その答えが、この壁画にはある。

壁へと手を当てて、確信の口調のままにヨヨは言葉を続けた。

「この壁画は物語……それも、魔導書に記されて星座へと至った、神話と呼ばれるような物語だ。このダンジョンは星座に示されたとある神を祀《まつ》るために、その神が生まれるに至った魔導書の物語をなぞるように作られたものだったんだ」

星占の導きによって生まれた神託を歪ませる——もしそんな存在が居るのだとしたら。

それは星座に至った神の眷属《けんぞく》に違いないと、ヨヨは辿《たど》り着いた解答に確信を見せる。

「でもヨヨさん、それがわかって何かが変わるんですか?」

「……ここで祀られた神は邪神に分類されている。神話に至る魔導書は多くの人が共通の願いを抱く必要がある関係で、そのだいたいがハッピーエンドで結ばれる傾向にあるんだ。ならきっと、その物語には主人公たちによる邪神の倒し方が記されているはず」

　重ねられた推測がゆっくりと形を作り、具体的な方針へと結ばれる。

　明確な希望が垣間見え、エヴァは瞳を輝かせながらヨヨへと詰め寄った。

「それならヨヨさんにはもう、このダンジョンの元になった神話が何かわかっているんですね！　邪神とやらを倒す方法も！」

「いや、その、すまん。そもそも俺はルナに会うまで本なんてほとんど読んでこなかったからな。俺の読書量じゃ、これがどんな神話かなんて判断つかねぇ」

「だ、だめじゃないですかっ」

　期待を裏切られたヨヨの言葉に、エヴァががっくりと肩を落とす。

　せっかく見つけた希望の箱も、鍵がなければその中を覗《のぞ》くことはできない。

　恨めしく壁画を睨《にら》む黒水晶の少女だが。

「諦めるのはまだ早いさ」

　そんな彼女に、ヨヨはどこか得意そうな顔で声を投げる。

「確かに俺たちだけだと神話の判別なんてできたもんじゃねぇ。知らないもんはどうしようもねぇんだから、それなら知ってるやつの力を借りればいいさ」

「そうですけど……こんなダンジョンの奥地で、そんな都合の良い人なんて……っ」

　言葉の途中で、はっ、とエヴァの瞳が大きく開かれる。

神話の判別ができる人物――つまり、物語について詳しい誰か。

条件の心当たりに、エヴァはひとりの少女の存在を思い出す。

「そう、このダンジョンには居るだろ。物語を誰よりも愛する、俺たちのお姫様が」

魔導書作家を目指す桜色の少女がヨヨの頭には浮かんでいた。この瞬間よりルナは、助けを求めるヒロインから敵の弱点を知り得る切り札へと成り代わる。

ヨヨとエヴァは互いに顔を見合わせて、不敵な笑みを浮かばせて見せた。

幾つもの苦難を乗り越えてようやく手に入れた希望の鍵。それがまさか自分たちが助けようとしていたヒロインであったなど、誰が想像できただろうか。

不思議な運命に笑いながら、ふたりの主人公は頷《うなず》き合う。

さあ、反撃開始だ――と。

言葉にせずとも伝え合い、階段へと足を向けた。

冷たい夜を乗り越えた魔法使いたちが、いま、奈落の底より駆け上がる。

＊＊＊

『邪教神殿《イーヴィル・エイズ》』の最上階にて、その儀式は行われていた。

祭壇には、どぐんどぐんっと脈動する多くの心臓が捧《ささ》げられており、手前に置かれた寝台には桜色の少女が横たわっている。そしてその傍《そば》には、ヨヨによって引き千切られた右肩を庇《かば》うように触手を蠢《うごめ》かした邪教種《ヴァイズ》の姿があった。

『――――っ』

邪神の眷属は、苛立《いらだ》ちを表すため言葉にならない呻《うめ》きを漏らす。

本来であればこれだけの心臓で儀式を行うのは不本意であった。しかし、あのニンゲンの不思議な力には恐ろしい効果があり、負わされた傷口から生命の欠片がどんどん零れ落ちていく感覚があった。

――死にたくない！

――ジブンはまだ死にたくない！

そこで邪教種《ヴァイズ》は己が信望する神に救いを願うことで命を長らえる算段を得た。それはつまり、いつの間にか芽生えていた自己愛の精神が儀式の開始を急《せ》かしたことになる。

足りない心臓では、もし邪神を召喚できたとしてもその顕現は不十分であろう。

信望する神よりも己の生存を優先するという行為は、本来であれば存在そのものが邪神の召喚を目的とする邪教種《ヴァイズ》ではあり得ないこと。その不可解を実現させたのは、魔法使いたちの抵抗により、その心に絶大な不愉快を与えられたことが原因であろう。

心臓を奪われまいと結託した、街に籠もる魔法使いたち。

闇の居城へと侵入し、神の眷属に拭い切れぬ傷を残したふたりの魔法使い。

そしていま、邪教種《ヴァイズ》の目の前にも悪しき運命に抵抗する魔法使いの姿があった。

「ぬ、う、あああああああああああああ――ッッ!!」

ルナの咆哮《ほうこう》が儀式場に響き渡る。

彼女の身体《からだ》は、捧げられた心臓から漏れ出る闇色の輝きに染められていた。それは深淵《しんえん》領域に棲《す》まう邪神の存在意識の欠片。肉体を持たない邪神が受肉を求めて、魔法使いの身体を得ようと神の手を伸ばす行為。

絶対的な上位存在である神の干渉だ。本来であれば人間の意識など耐えられるはずがなく、闇色の光が届いた瞬間に魂は犯され、身体を神へと受け渡してしまうはず。

だが、ルナは抗《あらが》っていた。

「ぬぁああああああああっ、敗《ま》けて、たまるかぁああああああああああ――ッ!!」

魂が犯される激痛に耐えながら、必死の咆哮で蝕《むしば》む神の意識を追い払っていた。

その心の強さを支えるのは、彼女が信じて疑わない主人公の存在。

――彼が助けに来てくれるその時まで、一分でも一秒でも抗ってやる！

途方もない痛みの中でヨヨの存在にしがみ付き、歯を食いしばって運命に噛《か》みつく。

そんな少女の心の粘りに、邪教種《ヴァイズ》は愕然《がくぜん》と震えていた。

――なんなのだっ!?

――いったいなんなのだ、お前たちはっ!?

邪教種《ヴァイズ》は、魔法使いという生き物を正しく理解できていなかった。

星に手を伸ばすためならばあらゆる悲劇に立ち向かう、奇跡の法の紡ぎ手たちを。

暗い絶望の底でさえ、魔法使いは心に灯《とも》る情熱で残酷な運命を覆す。

そして、ここでも再び魔法使いの情熱が結実した。

主人公であることを運命に課した青年、その信念がついにヒロインの元へと辿り着く。


——星が流れた。


それは闇夜を切り裂く希望の光。

少女を救うため——ただそれだけの目的で、輝きが、邪神を祀る神殿を横断する。

『————ッ!?』

瞬きの間に終えた輝きの果てにて、邪教種《ヴァイズ》は見た。

横たわっていた依《よ》り代《しろ》の少女の身体が消え、寝台には黒く蠢く邪神の存在思念のみが彷徨《さまよ》っている。そのまま黄色の瞳を横にずらせば、白銀に輝く髪を持った青年が依り代の少女を横抱きに抱えている姿があった。

衰弱の表情で瞼《まぶた》を開いたルナだったが青空色の瞳でヨヨの姿を認めると、いままでの全ての苦痛が嘘《うそ》だったかのように花のような笑顔を咲かせて見せた。

「えへへっ、まってましたよ、わたしの主人公」

「……よせ、恥ずかしい」

ルナは自分を助けてくれた青年の姿を見る。

ぼろぼろだ。

身体のあちこちに傷を重ね、制服には乾いてしまった血の跡がこびり付いている。それはここまでの旅路の過酷さを物語るには十分な戦いの痕跡《こんせき》。

だからこそルナは、非礼と知りながらも堪《たま》らない幸福を心に落とす。

その頑張りは、ヨヨの傷は——ずっと一緒にいようと、そう誓い合った約束を違《たが》えないがため刻まれた想《おも》いの結露だ。ヒロインの配役を任された少女は主人公の青年が踏み締めた過酷な旅路を想起して、思わず口元を緩めてしまう。

「ルナ」

そんな彼に名を呼ばれ、ルナは意識を切り替えた。

「いきなりだが、力を貸して欲しい」

こちらを見下ろす黄金の瞳、そこに宿った真摯な眼差《まなざ》しを受け止めて、ルナは思考すらを挟まずに頷いた。大好きな彼に助けを求められた。ならばそこに疑問はいらない。

「わたしでよければ喜んで！」

自分を助けるために過酷な旅路に挑んでくれた彼に、今度はわたしが力になろうと。

ただ守られるだけのヒロインでは居られない少女は笑顔で応えて見せた。

「よし、じゃあちょっと投げ飛ばすぞ」

「へ？」

だが、青年が告げた『助け』——その内容に、ルナの口から間抜けな声が零《こぼ》れる。

ヨヨは抱えたままの小さな身体を振りかぶり、魔力で賦活した肩力を以《もっ》て豪快に少女の身体を投げ飛ばした。

「いやぁあああああああああああああああ――っ!?」

邪神を祀る祭壇に、ルナの悲鳴が響き渡る。

大好きな彼のためならばどんな事でもしてみせると、そう意気込んでいたのは確かだが、これは流石《さすが》にあんまりではなかろうか。

飛ばされたままそんなことを考えていたルナだったが、どんっ、とその身体が誰かに受け止められる。顔を上げれば、そこには黒水晶の輝きを瞳に宿した親友の姿があった。

「エヴァちゃんっ、来てくれたんだ！」

「ええっ、勿論《もちろん》よルナちゃん。言いたいことはたくさんあるけど、とりあえずいまはひとつだけ………………無事でよかったわ」

「エヴァちゃん……」

愛《いと》おしい親友の身体を、放すまいと抱きしめるエヴァ。

ルナは自分を抱きしめる親友の身体がヨヨと同じく傷だらけであることに気付き――自然と、その瞳に滴を溜《た》めさせる。もし許されるのならばその胸に抱きついて、堪《こら》えきれない感謝の気持ちを叫びたかった。

だが、いまはその時ではないと、ふたりは同時に瞳を合わせる。

「エヴァちゃん、わたしは何をすればいい？」

背後では、ヨヨが邪教種《ヴァイズ》との戦闘を開始していた。

ひとつの物語を終わらせるための最後の戦場。

そこで戦う主人公の力になるために、自分は何ができるのかと。

「物語を書いて。辛《つら》い運命を幸せな結論《ハッピーエンド》に導くような、そんな素敵な物語を」

エヴァが親友に求めたのは、ただひとつ。

魔導書作家を目指す少女に、素敵な物語を書いて――と。

ただ、それだけを。

＊＊＊

邪教種《ヴァイズ》の怒りは、頂点へと達していた。

奈落へと突き落としたはずのニンゲンが現れた理不尽に。

再びジブンの想定を覆された不条理に、堪え切れぬ不愉快を燃やしていた。

出来るならばその肉を引き千切り、心臓を抉《えぐ》り出してやりたい。だが、相手は目に追えない不思議な力でジブンに癒せぬ傷を負わせた存在だ。心の内を沸かす激情を必死の想いで宥《なだ》めながら、邪教種《ヴァイズ》は目の前のニンゲンを倒す術《すべ》を考えた。

『――――』

そして、気付く。

黄色の瞳の先――依り代の少女が寝ていた寝台に黒く渦巻く輝きが残っていることに。

もはやその心に本来の目的は見失われていた。邪教種《ヴァイズ》の思考はただひとつ。

――このニンゲンを殺す。

利己的な殺意のみを行動理念とした邪教種《ヴァイズ》は、その黒い輝きに喰《く》らい付いた。

どぐんっ、と。

世界を震わせるような律動が駆け巡る。

頭部を筆頭に闇の身体が肥大化していき、不快な音を吐きながら無数の触手が生え伸びた。高速に震えていた黄色の瞳はその数を七へと変え、膨らんだ身体のあちこちへと移動する。肩や胸からは夜を掬《すく》ったかのような漆黒の液体が垂れ流れており、その巨軀《きょく》の足元に闇色の湖が広がっていった。

生物として余りにも歪《いびつ》なその身体は、おそらくは不十分な儀式によって生まれてしまった邪神のなり損ないを体現しているのだろう。

放たれる威圧には途方もないものを感じるが、もし本物の神が降りたとなればこの程度の衝撃で済まされるはずがない。

歪なる神の具現。

物語を結ぶための最後の障害を見据えて、ヨヨは拳を構えた。

「借りものの力でイキがってんじゃねぇよ、化け物が」

ヨヨの挑発に応じてか、ソレは力強い雄叫《おたけ》びを上げた。

ビリビリと世界が揺れ、意識を塗り潰すような轟音《ごうおん》が鼓膜を暴れる。

その衝撃の海にありながら――だが、ヨヨの心はどこまでも凪《な》いでいた。

彼が出来ることは、ルナが物語を書き終えるのを待つことのみ。

やることはシンプルであり、必要なのは彼女の夢を信じること。

そのことに関すれば、ヨヨはきっと、この世界の誰よりも秀でている。

「来いよ、出来損ないの神さま。暇つぶしに遊んでやるよ」

極限の状況にありながら、ヨヨの心にはわくわくが湧いていた。

襲いかかる触手の雨霰《あめあられ》を躱《かわ》しながら、その口元を綻ばせる。

この場においてヨヨは、凶悪な敵に立ち向かう勇者の役割を捨てていた。

いまの彼は、大好きな作者の作品を待ち望む、ひとりの読者でしかなかった。

＊＊＊

「『死を刈り取る橋』『無色の料理人』『暴食の台所』――」

ルナは自分の記憶と擦り合わせるように、エヴァから訊《き》いた言葉を呟《つぶや》いていた。

ふたりの魔法使いが歩んだ冒険譚《たん》をこれまでに読んだたくさんの物語に重ね合わせる。

心に響く文章を思い出し、かつて味わった無数の感動を思い出し、このダンジョンがいかなる神話を元として作られたのかを推理した。

「『蠢《うごめ》く蔦《つた》』『獣溜《だ》まり』『魔法の鋼を纏《まと》う蜘蛛《くも》』――」

出された単語たちが繋《つな》がり合い、筋を作り――そして、ひとつの物語が形を成す。

記憶の旅を経て、確信を持ち帰ったルナはゆっくりと瞼を開いた。

「このダンジョンが営む物語は、神話『妖精たちの夜《ワルプナーギス》』――なら、その物語の中で討ち倒される、邪悪なる神の名は――『光を喰らうモノ《アルト・ルミナス》』っ！」

導き出した結論、ここで遂《つい》に彼女たちはこの物語の敵の正体を摑《つか》んだ。

それは、光の種子から生まれた妖精たちを喰らう悪《あ》しき神の名。同族の死に怒りを覚えた妖精王が妻である妖精姫の身体を『光の槍《アステマ》』へと錬成し、その輝きを以て討ち滅ぼしたのが、その邪神の最後とされている。あらゆるものを弾《はじ》く力を持った闇の身体も、光を食事とする体質から『光の槍《アステマ》』を弾き返すことができなかったのだ。

邪教種《ヴァイズ》が『光を喰らうモノ《アルト・ルミナス》』の加護を受けているのならば、その打倒には神話をなぞるように示された『光の槍《アステマ》』こそが必殺の刃となるのだろう。

そのためにルナは、一冊のノートを取り出した。

「――いまから、改稿を始める」

一から物語を組み立てる時間はない。

ヨヨたちを待ちながら書き記した物語。そこに含まれた筋道に、文を加え、文を削り、展開を加え、展開を削り、結末を望む方向へと組み替える。

必要なのは『光の槍《アステマ》』だ。

結論が先に生まれ、その物語の終着に辿《たど》り着くには登場人物《キャラクター》たちにどのような障害《ドラマ》が必要か。無数にある物語の組み立て方、その中のひとつ。一から道筋を組み立てるのではなく、全体の流れを緩やかに望む方向へと押してやる。

普段のルナの書き方とは違う、慣れない物語の作り方。

だが、彼女の心は燃えていた。

ぼろぼろになりながらも助けに来てくれた、大好きな先輩と親友の想いに応えたい。

その気持ちさえあれば、握る羽ペンの動きは止まらなかった。

構想《プロット》を書くことはなく、ともすれば矛盾してしまいそうな設定を頭の中で計算し尽くし、果てることのない『面白い』を文字の中に秘め隠す。

多くの文に斜線が引かれ、せっかく書いた物語を自らの手で搔《か》き消すその行為に心の痛みを覚えながら――その果てにてルナは書き上げた。

自分の信じた主人公に届けるための――『悪しき神を穿《うが》つ物語』を。

「ヨヨ先輩っ!!」

顔を上げて、その名を叫ぶ。物語を書くことに夢中になっていたが、いつの間にか祭壇は神話の戦場へと成り代わっていた。

無数の触手がヨヨの身体《からだ》を捕まえようと動き回るが、星となった青年は夜の中を泳ぐかのような素早い動きで攻撃を搔い潜《くぐ》る。傷を背負いながらも戦いに身を投じる主人公――青年が進行形で刻む英雄譚に青空色の瞳を奪われながら、ルナは必死の声を上げた。

「ヨヨ先輩、この物語を!!」

「……ルナっ!!」

数多《あまた》の破壊が溢《あふ》れる戦場、極限の世界の中で、それでもヨヨはルナの声を拾う。

待ち望んだ物語の完成に、青年は急《せ》かすように叫んだ。

「投げろっ！」

その声に従い、ルナは精一杯の力でノートを投げ届けた。

触手の雨を掻い潜りながらヨヨは物語の綴《つづ》られたノートを手に取る。大好きな作者の新たな物語に期待を膨らませながら——ただひとつだけ、心の中には不安の種も芽吹いていた。

——読み切れるか、と。

魔導書は、その名の通り魔の書物である。

綴られた文字に魔の調べを宿らせた物語は、読者の時間の概念すらも書き換えてしまう力があった。面白い物語とつまらない物語とでは、読書に費やす体感時間が変わる。『気付けば読み終わっていた』などが、その感覚の最たる例であろう。

そして魔導書の物語は、その歪《ゆが》んだ体感時間を現実へと昇華させる。

早い話、物語に没頭すればするほど、その読書に費やす現実時間は加速する。

ヨヨはルナの物語が面白いことを疑ってはいない。

だがそれでも、邪教種《ヴァイズ》の攻撃を掻い潜りながらだと読書に費やせる時間は限られるだろう。おそらくは十秒か二十秒——予想時間を見据えた上で、それほどまでに物語に没頭することができるのかと、僅かな不安が心のどこかで囁《ささや》いていた。

しかし、だが、もはやヨヨに選択肢はない。

咄嗟《とっさ》に邪教種《ヴァイズ》から距離を取り、ノートを開いて、そこに並べられた文字を追い――。


「――――――――――――」


そして、全てを持っていかれた。

視線も、意識も、想《おも》いも、憧れも。

最初の一頁《ページ》を読み始めた瞬間に、ヨヨの不安はただの杞憂《きゆう》へと溶けていく。

――嗚呼《ああ》、やっぱり、ルナの物語が面白い。

喜びがあった。悲しみがあった。絶望があった。希望があった。

綴られた起承転結は無数の感動を心に植え付け、湧き上がる興奮がヨヨの身体にゆっくりと溶けていく。文字の中の舞台に我が身を重ね、青年の魔力が自然と荒ぶった。

体感の内では数時間に及ぶ読書の旅を経て、余韻までも堪能したヨヨが顔を上げれば。

それは、十秒にも満たなかった。

「ふぅ……」

ノートを閉じて懐にしまう、邪教種《ヴァイズ》はまだ触手を伸ばし始めたのみ。

――ならもう、こちらの『槍《やり》』が早く届く。

ヨヨの手には既に強烈な光を宿した槍が握られていた。バチバチバチッ!!　と輝きを弾けさせながら熱を放つそれは、まるで槍の形に加工した雷を想起させる。神気すらも歪めてしまう極光を前にして、邪教種《ヴァイズ》は焦るように触手を伸ばした。

遅い。

あまりにも遅い。

それは、運命収束の槍。

綴られた物語が、望まれた結末へと流れるために授けられた必勝の神具。

ルナ・アンジェリークがヨヨ・クロードのために書いた物語。

確信の未来をその瞳で見据えながら、青年はゆっくりと腕を引き絞り。

そして。

夜闇を駆ける星のように、その槍は放たれた。

「——流星魔法『貫け、悪しき神の輝きを《アステマ・ディバーグ》』ッッ!!」

邪教種《ヴァイズ》の身体を貫く、一筋の光。

敗北を悟る間も、達観を抱く僅かな時もそこにはない。

夜の海に無数の星が弾けるよう、その輝きは悪しき神を極光で満たした。

強烈なる光の前で、影は形を残せない。

邪教種《ヴァイズ》の闇の身体は、塗り潰されるかのようにゆっくりと輝きの中に溶けていく。

ルナとエヴァが見て取れたのは純白の閃光《せんこう》のみ。

極光は神の断末魔すらも光の彼方《かなた》へと閉じ込めて、勝利の運命のみをそこに残した。

駆け抜けた光の槍《アステマ》は遠くで弾け、祝福するかのような輝きを祭壇に落としている。

その光の雨の中にいたヨヨは槍を投げた姿からゆっくりと残心を解き、自分の勝利を信じてくれていたはずの少女たちへと向き直った。


「「────」」


余韻に浸るような僅かな沈黙。

ただそれだけを挟み──。

やがてヨヨは頭を掻きながら、こんなことを言って見せた。

「なあ、腹減ったから、さっさと帰って飯でも行こうぜ」

どこか場違いにも見える発言に、驚きで目を見開く少女がふたり。

だが、それも一瞬のこと。

彼と同じく、空腹を思い出した少女たちは笑顔のままにヨヨの元へと駆け寄った。

「ヨヨ先輩、わたし、クレープが食べたいです！」

「ヨヨさん、私はいま、フルーツサンドの気分ですよ」

血に濡《ぬ》れた言葉を捨て、平穏な日々の会話を取り戻す。

それはつまり、彼らの戦いがいまここで終わりを迎えたことを意味していた。

傷だらけの身体を引き摺《ず》りながら、彼らは笑顔で帰り道へと足を進める。

いまここで三人の魔法使いが刻んだひとつの物語――。

彼らの浮かべる笑顔こそが――この物語がハッピーエンドで結ばれた、そのことを示す何よりの証拠であった。

終章 ◆『約束を飛ばす』

後の顚末《てんまつ》である。

邪教種《ヴァイズ》との戦いが終わり、奪われた心臓を取り返して意気揚々とアルメナトゥーリへと帰ろうとしていた三人であったが、ダンジョンを出た瞬間、溜《た》めに溜めた疲れと傷が限界を迎えてヨヨとエヴァは仲良くその場にぶっ倒れたという。

事の収束を見て駆けつけたシスタスの手により、ふたりはすぐに地上の校舎にある医療工房へと運ばれて、数日間に及ぶ治癒魔術師の治療を受けたとか。

因《ちな》みにだが、ヨヨを担当した治癒魔術師は数週間前にベルベッドとの戦闘で負傷したヨヨの治療をした者と同一人物であり、再びボロの有り様になって運ばれてきた青年を見て呆《あき》れた笑みを浮かべたらしい。

「次はもう怪我《けが》したって治してあげませんよって、怒られちまった」

「ふふっ、ヨヨくんはすぐ無茶するからね。次からは気をつけましょう」

ダンジョンから生還して数日後。

怪我もだいぶ回復したヨヨはいま、シスタスと共にとある場所に向かっていた。

「そういえば、心臓を取られた娘たちは大丈夫だったのか?」

「ええ、ヨヨくんたちが持ち帰ってきてくれた心臓のおかげで快復したわ。元々は身体の中にあったものだもの。特別な魔法がなくても、近づけただけで勝手に心臓は元の位置に収まったわ。いまはもう元気に働いてくれているわよ」

「そりゃよかった」

「ヨヨくんとエヴァちゃんにお礼を言いたがってたわね。近いうちにお店に顔を出してくれると嬉《うれ》しいわ」

「そんな気にしなくてもいいんだけどな」

「それと、ヨヨくんたちの治療にかかった費用は私が立て替えておいたんだけど、そろそろ返してもらっていいかしら？　具体的にはゼロがこれくらい並んでいるんだけど」

「……そいつも気にしないでくれって方針にして貰《もら》えたりしないか？」

「ふふっ、冗談よ。従業員を助けてもらったお礼として受け取ってちょうだい」

気の置けない雑談を交えながら、ふたりは森の中を進む。

樹々《きぎ》の隙間より差す光は優しく、あの暗いダンジョンを生還してから医療工房に引きこもっていたヨヨにはとても眩《まぶ》しいものに感じた。

そうして彼らが辿《たど》り着いたのは、森の奥にある湖。

「本当にダンジョンがなくなってやがるな」

「ええ、ヨヨくんたちが帰ってきた次の日にはもう、ここには元々何もなかったみたいに『邪教神殿《イーヴィル・エイズ》』は消えていたわ」

この湖は、かつて水面を突き破る形で『邪教神殿《イーヴィル・エイズ》』が建っていた場所だ。

その出現も突然ながら、消失さえも前触れなく起こされた異常《イレギュラー》なダンジョンの不思議に、迷宮学を専攻した生徒たちがいま躍起になって調査を進めているらしい。

「じゃ、ちょっと行ってくる」

「ええ、いってらっしゃい」

言うが早く、ヨヨはローブを脱ぎ捨てて湖の中へと飛び込んだ。

透き通った水質、僅かにいた水棲《すいせい》の魔法生物を覇気で払いながら、枯れ木や生物の死骸で濁る水底に視線を這《は》わせ——そして、目的のものを見つけて手を伸ばす。

「——ぶはっ。あー、傷口に水が染みるな」

「ふふっ、ご苦労様。それで、例のものは見つかったの？」

「ああ、俺たちの予想通りだ」

湖から上がり、水を吸った制服を絞りながらヨヨは手にしたものを見せつけた。

それは——黒いカバーで包装された一冊の本だった。

「——魔導書『未読教典《みどくけいてん》』……私も見るのは初めてね」

「ああ、やっぱり今回の騒動はただの魔法災害で括《くく》れるもんじゃねぇみたいだ」

ヨヨとシスタスは疑っていた。

無数の不思議を有するソラナカルタの工房迷宮だが、それでもその内に存在する生物や環境にはある程度のルールがある。その中のひとつ、棲息《せいそく》する魔法生物の強さや存在するダンジョンの攻略難易度が階層に比例するという摂理――だがそれを、今回の舞台となった『邪教神殿《イーヴィル・エイズ》』は余りにも逸脱していた。

　原因として考えた幾つかの想定、その答えのひとつがヨヨの手に持つ魔導書だ。

「これで証拠ができたわね、今回の騒動は自然に起きたものではない。魔法使いによって引き起こされた人災であったって」

「ああ、ソラナカルタには居るみてぇだな。この学校をめちゃくちゃにしようと考えている悪意ある魔導書作家が」

「とりあえず、その魔導書は『鑑定士《オールドマン》』のとこに持っていきましょう。たぶん対策はされていると思うけど、運が良ければ元の持ち主がわかるかもしれないわ」

　シスタスの言葉に頷《うなず》きながら、ヨヨの心は決意に燃えていた。

　彼にとって魔導書作家とは、大切な少女が目指す輝かしい夢の存在だ。

　その尊さを踏み躙《にじ》られて、ヨヨが怒りを覚えない理由はどこにもない。

「許さねぇ。必ず報いは受けてもらうぞ」

　ここではない何処《どこ》か。

　きっといまも闇の中で微笑《ほほえ》んでいる顔も知らない誰かに向かって。

　ヨヨは決意と共に、拳を強く握り締めた。

＊＊＊

　ソラナカルタの中庭に流れる優しい風が、色とりどりの花を揺らしている。暖かな陽射しによって囲まれた、そんな和やかな光景を背後にして——どういうわけか、桜色と黒水晶の妖精がどこか緊迫した表情のまま対峙《たいじ》していた。

「さあこいっ、エヴァちゃん！」

　どんと来いとでも言いたげに力強く両手を広げたルナが、対面の少女に叫ぶ。

「そ、そんなに構えられても困るのだけど……」

　ルナの強気な姿勢に、エヴァはおろおろと黒水晶の瞳を揺らしていた。

　事の顚末はこうである。

　エヴァがルナを助けに向かうきっかけとなった出来事。邪教種《ヴァイズ》の攻撃から一方的にエヴァを庇《かば》ったルナの身勝手に、黒水晶の少女は怒っていた。

　その叱責を受け止めていたルナも、自身の勝手が親友の心に傷をつけた事実に後悔し、青空色の瞳をしょぼんとさせて反省の色を見せていた。

　そんな少女はやがて俯《うつむ》いた心と共に顔をパッとあげて、こんな提案を叫ぶ。

「エヴァちゃん、わたしを一発殴ってみて！」

「はい？」

　突拍子もない提案にエヴァが疑問符を浮かばせた。

　ルナは言う。罰は許しを可視化するために必要な、仲直りの儀式なのだと。

エヴァの心ともう一度手を繋《つな》ぐため、あなたの手でこの頬を叩《たた》いて欲しいと。

ルナはどこまでも真剣な表情でそう言った。

「そ、そう。それなら……」

戸惑いの気は消えていないが、それで親友が納得するならと、遠慮の心を携えながらエヴァは手を振り上げた。そして――。

「――」

「……」

腕を振り上げたまま静止するエヴァ、その黒水晶の瞳が、瞼《まぶた》を閉じながら頬を差し出す親友の姿を映す。無防備に晒《さら》された肌はきめ細かく、痛みを待ち構える頬は浅く上気し、まるで彼岸に咲く可憐な花のような愛おしさが溢《あふ》れていた。

「～～～～っ！」

葛藤など一瞬のこと――自分にこの花を傷つけることなど出来やしない。

それを認めた瞬間、元より飽和していたルナへの愛情は次の形に爆発した。

「～～～～無理よっ！　私にルナちゃんを叩くなんてできないわっ！」

がばっ、と。

その腕は少女の頬にではなく、桜色の小さな身体《からだ》を包み込むために降ろされた。構えていた予想とは異なり、力強く抱きしめられてもみくちゃになったルナは「うにゃ～!?」とよくわからない悲鳴を上げてしまう。

「ルナちゃん！　あのとき助けてくれてありがとう！　ルナちゃんのこと、大好きよ！」

ずっと言いたかった言葉を、ようやく吐き出せた。

大好きな親友に、貴女《あなた》のことが大好きだと、ずっとずっと伝えたかった。

仲直りなどできるはずがない。何故《なぜ》ならエヴァはただの一瞬としてルナとの絆《きずな》を疑ったことがないのだから。もしそのことに対する証明が欲しいのなら、罰なんかではなく感謝の言葉と愛に溢れた抱擁で示して見せよう。

「うん、うん、わたしもだよ。エヴァちゃん、あの怖いダンジョンからわたしを助けてくれてありがとう。大好きだよ！」

ルナもまた親友の背中へと手を回し、想《おも》いよ届けと力を込める。

分かたれた妖精たちの絆は、いつの間にかその愛《いと》おしさで結ばれて、もはやひとつの宝石かのように重なり合って輝いた。

鏡合わせのように微笑みながら、少女たちはお互いを強く抱きしめ合う。

風に揺れた花々に見守られた妖精たちの絆は、きっとこの世の誰もが見惚《みと》れるほどの美しさを咲かせていたことだろう。

――だが、残念なことに、美しきモノというのはその尊さが刹那的であるからこそ、輝きが際立つものであるらしい。

ぶぱっ、と。

抱き合っていた黒水晶の少女が鼻血を吹き出したのはすぐのことだった。

「エ、エヴァちゃん⁉」

突然の少女の出血に、ルナが驚いた声を上げる。

エヴァの鼻血の原因は至って単純だ。大好きな親友に耳元で「大好きだよ！」と叫ばれて、少女の中に駆け巡った幸せが許容できる基準値を超えたのだ。

押さえ切ることのできなかった幸せ成分が鼻血という形で体外に放出された。

説明すれば、ただこれだけのことである。

「こ……これが、魔導に墜《お》ちるということなのかしら………ふふっ、ふふふっ……まったくない。後悔なんてまったくないわ……」

「エ、エヴァちゃぁあああああんっ‼」

血液不足により、意識を朦朧《もうろう》とさせた少女がどさっと倒れ込む。

美しき絆の結び付きから一転。

中庭に流れる風に乗って、ルナの悲鳴がソラナカルタの空に響いたのであった。

＊＊＊

それからまた別の日のこと。

街の中を歩くふたりの魔法使いの姿があった。

「エヴァ、次の場所は？」

「えっと、南東区にある薬屋さんですね。回復薬《ポーション》や祓《はら》い薬を提供してくれたみたいです」

「南東区……ならあっちだな」

ヨヨとエヴァは並んでアルメナトゥーリの街を歩いていた。

ダンジョンの攻略にあたって、この街に店を構えていた多くの魔法使いが道具や武器などを無償で提供してくれた。そのことに関してお礼を言いたいと、ふたりは心ばかりの品を用意しながら街を巡り回っていた。

「風が気持ちいいですね。陽射《ひざ》しもあったかくて心地よいです」

「そうだな」

「あのダンジョンを経験してから、陽の光がとっても貴重に感じるようになっちゃって……昨日もルナちゃんと中庭で一時間もひなたぼっこをじちゃったんですよ」

「ははっ、風邪を引かないように気を付けろよ？」

他愛もない言葉を交わしながら、ふと街の光景を見渡した。

あれだけのことがあったにも拘《かか》わらず既に街の機能は以前と同様なまでに回復しており、見渡す視界のあちこちには人が溢れ、平穏な喧騒《けんそう》が喧《やかま》しく鼓膜を叩いている。

「そういえば、アルバイトは続けることにしたんだって？」

「はい、シスタス先輩に誘って頂いて……ヨヨさんに教わった通り、魔法喫茶の接客は周りを見る修行にもってこいだと思いますし」

「そうだな。最初に比べれば動きもだいぶよくなったと思うぞ」

ヨヨの何気ない称賛に笑みを漏らしながら、こっそりと、小さな声でエヴァは呟《つぶや》く。

「……まぁ、続ける理由はそれだけじゃないんですけどね」

彼女が魔法喫茶のアルバイトを続けるもうひとつの理由――それは、あのメイドの衣装を可愛《かわい》いと言ってくれた誰かさんがいたことが要因だ。

照れ臭そうに頬を染めて――それでも確かに可愛いと、そう呟いてくれた彼の言葉が耳の奥にこびり付いて離れない。叶うならば、またその言葉を彼の口から訊《き》いてみたい。そう思う心があったからこそ、エヴァは自然とアルバイトを続ける決心をしていた。

「………………」

そんな誰かさんの横顔を眺めて、頬がほんのりと熱を持つのを自覚する。

もう自分を騙《だま》すことは出来なかった。彼の優しげな微笑みに、どこか気怠《けだる》げな瞳に、何でもないような声に、甘く疼《うず》いてしまう心の痺《しび》れを自覚せずにはいられない。

――ああ、自分はきっとこの人に――。

胸の奥に芽吹く感情を認めて、エヴァが浮かべたのは静かな笑顔だった。

「ヨヨさん、いつかあなたに伝えたいことがあります」

足を止め、ヨヨへと向けた言葉に想う気持ちの全てを宿す。

そこには、覚悟を決めた魔法使いの顔があった。

遥《はる》かなる星に向かって手を伸ばした、夢を追う黒水晶の瞳があった。

「いまはまだ、この言葉を届けるには勇気が足りないから。自分のことを認めてあげるだけ頑張りきれているとは思えないから。まだ、この心は隠しておきます」

結ばれるのは、未来への誓い。

『まだ』と括《くく》られた言葉はきっと『いつか』へと辿《たど》り着くための心の約束だ。

あの暗闇の底で夢への進み方を知った少女だからこそ――未来に託す希望の数、それを増やすことにもはや一切の躊躇《ためら》いはない。

いつか立派な魔術剣士になりたい。

そして、その夢と並ぶほどに大きな願いが、エヴァの心で産声を上げていた。

「もしいつか、私が私を信じられるくらいに強くなれたなら――その時は、秘めたこの言葉をあなたに届けます。どうかそれまで、待っていてくれますか？」

輝く黒水晶の瞳、その持ち主たる少女の誓いは眩《まぶ》しいほどの微笑みによって彩られていた。願いを語ることを躊躇わない、美しく咲き誇る少女の決意――それをすぐ隣で見ることができた我が身の幸せに笑みを浮かばせながら、決まり切った答えをヨヨは返す。

「言っただろ。いつまでも見守ってやるって」

出された答えは、あの奈落の底で紡いだ言葉となにひとつとして変わらない。

彼女の語る『いつか』が訪れるその日まで。

自分はずっと傍《そば》に居ると、心よりの想いを瞳に込めて言い切った。

「…………」

彼の顔を見る。瞳を覗《のぞ》く。それだけで心臓が跳ねた。頬の熱が止まらなかった。

真摯なまでの言葉、想いを宿す誠実な微笑《ほほえ》み。

それがいま、自分だけに向けられている事実がエヴァの心に火照りを生ます。

見つめ合いながら過ぎる数秒、時が止まったかのような沈黙を挟み――。

……やがてエヴァはスッと目を逸《そ》らす。

「…………それじゃ、ヨヨさん。私はちょっと走ってきます」

「なんでっ!?」

向けられた瞳に耐えきれなくなった少女は、前触れもなく駆け出した。

いかな覚悟を固めていようとも、彼女にとってこれは勇気の告白に他ならない。

照れた心に吹き荒《すさ》ぶ甘い恋色の風は、乙女な思考を真っ向から狂わせた。

頬を朱に染めながら、慌てる先輩を置き去って少女は駆ける。

「――ああ、もうっ、魔法使いは大変ねっ!!」

求める未来があまりにも多過ぎる、その欲深い生き方に。

弾《はじ》けた笑顔で空に文句を叫びながら、少女は魔法使いの街を駆け抜けた。

＊＊＊

これは、そう。
青年と少女たちによって奏でられた、勇気と絆の物語。

幸せな結末は、悲劇の中でも顔を上げる勇者にこそ相応《ふさわ》しい。
必要なのは覚悟であり、求めるべきは決意であると。
そのことを、傷だらけの魔法使いたちが教えてくれた。
これは、そんな物語。

怯《おび》えに震え、怖さに泣き、それでも踏み出した一歩こそを。
何よりも代えがたい宝石として、魔法使いたちは讃《たた》える言葉を惜しまない。
結ばれた絆の色はどこまでも美しく、眩しい程の輝きを放っていたことだろう。

そしてまだ、結ばれたのは第二章。
青年たちが刻んだ長い旅路を思えば、これはまだ始まりの域を出ない。
文字を追うたび、文を重ねるたび、章を超えるたび。
魔法使いたちの物語は、より深く、魔導の闇へと挑むことになるだろう。

嗚呼、どうか。
ページをめくり、その先の物語を求めて欲しい。
星を求める魔法使いならば、きっと、闇の中でもこの言葉を紡げるはずだから。

――さあ、魔法使いの物語を始めよう。

あとがき

皆さまこんにちは、作者の六海刻羽《りっかいときわ》です。

星詠みの魔法使い2巻『黒水晶の夢色プロローグ』いかがでしたでしょうか。輝きを求めて星に手を伸ばした女の子の始まりの物語。夜を乗り越えた黒水晶の勇気が皆さまの心に届いたのならば、作者としてこれ以上の喜びはございません。


さて、今回は魔法学校の定期テストから始まる物語です。学生であるならば避けては通る事のできない不朽の関門。皆さまの中にも、その強大なる敵に立ち向かうために武器を磨いている最中の方がいるかもしれませんね。

かくいう私は教育に携わる職に就いておりまして、壁を乗り越える側ではなくせっせと建設する側となっております。本巻に登場しました『魔導力学』の試験も、当初の段階では現役数学教師がウキウキで作ったファンタジー学問『魔法数学』の試験にする予定だったのですが、問題を作り終えた後に「この問題いったい誰が楽しめるんだ……？」と我に返り、わかりやすさ重視のバトルアクション魔法試験になりました。

いや、本当は面白いんですよ？　計算上では存在するのに実在があり得ない座標値や、証明が成れば科学論を揺るがしかねない未解決問題。そうした未知の部分を『魔法』という不思議パワーで説得力に変えるファンタジー学問。

ただ、この面白さは人を選ぶなぁという結論から泣く泣く断念に。くそう、いつか誰が読んでも面白い形で書いてやるからな！

私見かもしれませんが学校の試験というものは、未知への探究というよりもどちらかと言えば努力の成果の確認という意味合いが強いです。決められた範囲内で教えられた知識や技術をいかに身につけたか。費やした時間が結果に繋《つな》がりやすく、それが点数という形で可視化することのできる努力の発表会であると私は思っています。

そして、私が挑んでいる『小説』というテスト分野は努力の成果が目に見えづらいものです。費やした時間に対して、それに応じた面白いが備わっているのか。決して点数にはならない感覚的学問にいつもどこかで不安を抱いているものです。

だからこそ、1巻『魔導書作家になれますか？』の発売にあたってSNS上などで、目に見えるたくさんの温かい感想を呟《つぶや》いてくれた皆さまには感謝しかありません。私の本を見つけてくれたこと。私の中の面白いを共有してくれたこと。

『星詠みの魔法使い』の世界を知り、その感動を言葉として残してくれた読者さまに私は支えられております。作者の心を救ってくれた素敵な言葉の紡ぎ手たる皆さまへ、願わくば今後も読み終えた感想などを目に見える形で呟いて頂ければと（華麗なる宣伝誘導）。

そして、遅ればせながら謝辞を。

イラストレーターのゆさのさま。今回も『星詠みの魔法使い』の世界を素敵なイラスト悶《もだ》えで彩って頂きありがとうございます。イラストを頂くたびに幸せが瞳に突き刺さり、悶《もだ》えることを避けられません。今度ともよろしくお願いいたします。

加えてオーバーラップ編集部の皆さま、今回もたくさんのサポートをしてくださった担当編集さま、刊行にあたって力添えして頂いた関係者の皆さま、そして本作を見つけてくださった読者の皆さまに最大の感謝を。

一日でも早く不安のない日々が訪れることを祈りながら、これにてあとがきを結ばせて頂きます。

それではまた、次の魔法使いの物語でお会いいたしましょう！

作品のご感想、
ファンレターをお待ちしています

あて先
〒141-0031
東京都品川区西五反田 8-1-5 五反田光和ビル4階
オーバーラップ文庫編集部
「六海刻羽」先生係／「ゆさの」先生係

星詠みの魔法使い
2. 黒水晶の夢色プロローグ

発　行　2021年7月25日　初版第一刷発行

著　者　六海刻羽
発行者　永田勝治
発行所　株式会社オーバーラップ
〒141-0031　東京都品川区西五反田 8-1-5
校正・DTP　株式会社鷗来堂
印刷・製本　大日本印刷株式会社

Printed in Japan　ISBN 978-4-86554-931-7 C0193

オーバーラップ　カスタマーサポート
電話：03-6219-0850 ／ 受付時間 10:00〜18:00（土日祝日をのぞく）

絶望と最強の兆しを手に
少年は超大作エロゲの
世界を生きる――!!
エロゲ転生
運命に抗う金豚貴族の奮闘記1
著 名無しの権兵衛 イラスト 星夕
8月25日発売!
オーバーラップ文庫

OVERLAP NOVELS
CHECK!!!
8月25日発売!
ハズレ適性の生産魔術で
辺境の村を
大改造!?
赤池宗
イラスト：転
お気楽領主の楽しい領地防衛1
～生産系魔術で名もなき村を最強の城塞都市に～

自作の刀が神器に認定され、
でたらめな魔力
授かりました。
CHECK!!!
8月25日
発売!
OVERLAP
NOVELS
鴉ぴえろ
イラスト: JUNA
転生令嬢カテナは異世界で
憧れの刀匠を目指します!
~私の日本刀、女神に祝福されて大変なことになってませんか!?~